长江水

杨键诗抄 1993—2020

杨键 著

Flowing Like a River

江苏凤凰文艺出版社
JIANGSU PHOENIX LITERATURE AND ART PUBLISHING

图书在版编目（CIP）数据

长江水：杨键诗抄：1993—2020 / 杨键著. —南京：江苏凤凰文艺出版社，2021.8（2023.10重印）
ISBN 978-7-5594-5922-0

Ⅰ.①长… Ⅱ.①杨… Ⅲ.①诗集-中国-当代 Ⅳ.①I227

中国版本图书馆CIP数据核字(2021)第093358号

长江水：杨键诗抄 1993—2020

杨 键 著

出 版 人	张在健
责任编辑	孙楚楚 于奎潮
封面摄影	杨 键
装帧设计	周伟伟
责任印制	刘 巍
出版发行	江苏凤凰文艺出版社
	南京市中央路165号，邮编：210009
网　　址	http://www.jswenyi.com
印　　刷	苏州市越洋印刷有限公司
开　　本	880毫米×1230毫米　1/32
印　　张	11.375
字　　数	200千字
版　　次	2021年8月第1版
印　　次	2023年10月第2次印刷
书　　号	ISBN 978-7-5594-5922-0
定　　价	59.90元

江苏凤凰文艺版图书凡印刷、装订错误，可向出版社调换，联系电话025-83280257

自　序

　　百年以来我们在思想上究竟是维新还是守成？事实是我们选择了维新，一切旧有的，比如说因果，比如说道法自然，比如说以人文化天下，或是以孝治天下，这些代表汉语精神高度的东西显然不起作用了，我们一度进入了一个文明的废墟。文明成为废墟，代表这个文明的声音自然会消失。何谓我们文明的声音？道也者，不可须臾离也。这就是我们文明的声音。失去了道，我们也就失去了汉声。整个来说，20世纪的文学是从有道到无道的过程，是道的退场的过程。所以，也可以这样来说，20世纪的文学是无道的文学，道本来是汉语的容颜，是汉语的声音，失去了道，我们也就失去了汉语的容颜与声音，所以说，我们这些汉语工作者的使命就是恢复对道的追求，寻回汉声、寻回汉语的道的容颜就是我们最根本的使命。

　　遗憾的是，通过这么多年的努力后，我感到我们这一代已经很难回到汉字的真容里去了。不是说不可能，而是非常艰难。我这样说，是有依据的，我小的时候被抱在妈妈或是爸爸的怀里，他们一边看着墙上的大字报，一边教我认字，这个大字报我小时懵懵懂懂地知道不是在讲好话，是在骂一个人，走了许多地方，墙上贴的都是大字报，我因此通过大字报认识了许多字，我被喂养的第一口汉字的奶里就有仇恨，我觉得由那文字所形成的声音很不好听，我们的白话文到今天也没有找到文言文那种好听的声音，这其中应该就有着类似于大字报这样的文字的影响，汉字的出生地在我小的时候变了，它不是来自于爱，而是来自于仇恨。我上小学以后情况也没有什么好转，成人以后我读过很多发生在我小学时的事情，那时候的汉字还有一个作用，就是告密，这告密往往还是发生在父子之间、夫妻之间、邻里之间，那时的汉语侮辱掩埋了汉语，此种情况直到我的中学时代也没有什么令人乐观的转变。有一件事情我至今记得，我的一位同学告诉我，那时候应该已经是高中毕业以后了，他跟我们的一个女同学在郊外的某个地方拥抱在一起的时候，忽然间联防大队的电筒光照在他们的身上，随后是一声大吼：你们在干什么？这是你们做的事情吗？还不赶快回家去。那个时候的汉语是反对青春的恋情的。

直到20世纪90年代汉语也没有回到真正的汉语上来，它走上了另外一条道路，就是经济之路，汉语是用来谈生意的，前面说的汉语的根源是仇恨，现在变成贪欲了。我记得那时候有关系的人手上都拿着钢材的批条，逢人就问，要不要螺纹钢？人们语言下面的心思变成了钱，不再是我们老祖宗智慧的汉语。汉语的出生地在我们活过的时间里一再地变化，在今天，它的出生地除了生意，就是所谓的科技了。

汉语本来的出生地是天地自然，是智慧与慈悲，如何才能回到那里？如何才能回到汉语的抑扬顿挫，回到汉语的阴阳相合，回到汉语的形声意相合，这无疑是一场漫长的修复。由此，我们也可以发现，汉语的回归，其实是失散的人心的回归，是失散的自然的回归。

金银财宝会失去，儿女会失去，谁会想到，语言也会失去？

也许情况并没有我说的这样严重，但是我们的语言确实在衰落，这是不言自明的事实。汉语新诗自诞生以来，其表里即在不断地衰落，只有极少数人拥有汉语，大家开口闭口都是外国诗人。现在的翻译诗不足观，正是因为汉语在衰落，翻译得越多越是证明汉语正在不可阻挡地由里及表地衰落。如何救活汉语？如何救活汉声？如何救活汉语的表里？既然我们是用汉语写作，我们就要回归汉声，汉语的声音是处下的，母性的，是慈悲而智慧的。我以为一个汉语工作者就像古代的一个官员一样，他得首先是一个孝子，他的语言得首先浸润着母亲的恩泽之光，萦绕着无比柔软的难以忘怀的恩情，他是因为报恩才成为一个有智慧的人，其次，他得是儒家五常德的遵循者，他的语言里得有仁，他的语言里得有义，他的语言里得有礼，他的语言里得有智，他的语言里得有信。如果我们的语言背后，诗的背后无仁、无义、无礼、无智、无信，也就是说，在我们语言的背后其实是没有人的，那我们当然要救救汉语了。一个汉语工作者必得有这五常德，还得兼具生死是头等大事的紧迫心怀，或许这样，我们还有可能救一救汉语，如果他还有一颗至诚之心，至诚之心也就是百分之百的真心，那他就是一个感通之人，那他就是一个诗人，或许这样我们还能救一救汉语。当然这是非常困难的，几近于不可能。另外，汉语的最高标准，汉文明的最高标准是以圣贤为标准的，这在最浅显的《弟子规》里都有写到："圣与贤，可驯致。"这是我们汉语世界失去的最高、最性命攸关的标准，这个标准也是我们区别于西方文明的标准。我们的文明，其实是圣贤文明，这是汉语文明的最高标准，"非圣贤，屏勿视"，20世纪迄今，汉语之所以全然睡着了，就是因为本来以圣贤为标准的汉语不再以圣贤为标准，这是我们的汉语之所以衰落的根本原因，汉语至今还笼罩在翻译体里，不在对道的追寻里，汉声的回归遥遥无期。只有语言，没有行，如何成为诗人、成为汉语诗人？只有语言，没有不二之心，没有齐物之心，没有天人合一之心，又如何进入生命的通境？生命的通境无法到达，又如何成为汉语诗人，如何成就汉声？"不力行，但学文，长浮华，何为人"，在中国漫长的历史里，伟大的诗人皆是了不起的修行人，"欲知除老病，唯有学无生"，生命的通境造就我们的汉语文明，而我们的汉语文明其实是一种无隔的文明，无隔的内核在于放下对虚假之我的执着，而汉语新诗最高的内在精神正在我之完成，这同古典诗歌的最高精神在于我之消亡，恰好相反，势必造成汉语新诗既难以抵达生命的通境，也难以到达真乐。有一点我在那里，苦难就有受者，只要还有我，苦难就无法磨尽，所以要救活汉语，要想汉语通灵，就要放下对我的执着。

在我这个年龄，今生今世的文学已经不重要了。超越显然是首要任务。回归中道，或者说，重建中道，再致中和，才是当务之急。中道不是折中，而是生命的真相。外国人讲永恒，我们讲中道，即回归自性，回归自然，唯其如此，我们才能救活汉语，救活我们自己。

记得一年夏天我叔叔在院子里喊我母亲："大嫂子，你来看。怪不得你家的葡萄树不长什么新枝条，结不出多少葡萄呢，"我叔叔指着被铁丝紧紧地缠在一根铁棍上的葡萄树主干，"一点让劲也没有，铁丝把葡萄树缠得透不过气来了。"

我母亲赶紧跑到院子里去看。

"啊，都快断了。"

母亲细细地看着铁丝在葡萄树上的深深勒痕，不禁感叹起来：这棵葡萄树是活在鬼门关里的，它能活到今天真的是奇迹，而我们为什么就没有发现呢？原来，这棵葡萄树是父亲在他去世的那一年夏天，用铁丝捆在这根铁棍上的，这都快四年了，父亲用铁丝捆它、固定它的时候可能根本就没有想到这葡萄树是每天都在生长的。

"葡萄树每天长多少，就离死亡近多少。"叔叔说。

"幸亏你今年来剪枝，要不然，我们哪里能发现呢，我们还以为是葡萄树的品种不好呢。"母亲继续补充说，"我们只是年年责怪，这是什么葡萄树啊，真想把它砍掉算了。真可怜啊，铁丝不会长大的，但是葡萄树年年都要长啊。"

在院子里，我们看着被铁丝掐得快要断掉的葡萄树，在暖融融的天气里它好像有很多层意思，而我父亲去世已经许多年了，我这才想起，这兴许就是他丢下来的遗嘱："事情虽然是我做的，但你要自己去发现白处才有活路。"

在我们的历史里，陶渊明和谢灵运是六朝的白处，王维是唐代的白处，辛弃疾是宋代的白处，倪云林是元代的白处。这些如同空白一样的人其实都是通人，陶渊明通于桃花源，王维通于终南山，苏东坡通于陶渊明，倪云林通于太湖水，吴镇通于渔樵心。中国有几个特别伟大的时代，都是崇尚空性的时代。汉、唐、宋皆是如此。初唐的寒山、王梵志是纯空之人，王维接近了纯空，白居易是虚实相间之人，韩偓、韦应物是向空学习之人。空几乎贯穿了唐代，宋代亦复如是，黑白山水，单色瓷器，连皇帝都信奉空性，因为他相信文人，而文人正是来留白的。虽然也受难，也生死，但整个时代都往素淡、莹净处走。那么元代的空人是谁呢？空人主要是倪云林、曹知白、吴镇。倪云林后来变卖了所有的家产，去与太湖这样大的空白相融通，最后画出了那样虚淡、清瘦、无为的山水。民国也有那样的空人，如印光大师、太虚大师、弘一法师。所以说天下要有一个白处，人心也要有一个白处。

目　录

卷一　古别离（1993—1995）

惭愧	——	003
悲伤	——	004
命运	——	005
继续	——	006
啊，国度！	——	007
古别离	——	008
楼上夜眺	——	009
黄昏即景	——	010
傍晚的光芒	——	011
通向山上的石子路	——	013
小幅山水	——	014
题广济寺	——	015
同伴	——	017
来啊	——	018

卷二　心曲（1996）

锁江楼	——	023
一棵树	——	024
祖国	——	025
冬天	——	026

这里	——	027
在桥上	——	028
小镇	——	029
在江边	——	030
清晨	——	031
在清晨	——	032
在浮世	——	033
祠堂	——	034
一位老妇人的命运	——	035
在码头边	——	037
江边	——	038
黄昏	——	039
无常	——	040
在同一条街道上……	——	041
冬天	——	042
农民	——	043
故土	——	044
乡村记事	——	045
高耸的德行	——	046
恩情	——	047
跃进桥	——	048
甄山禅寺	——	049
郊外	——	050
香椿树	——	052
我不再向外寻找	——	053
古桥头	——	054
古镇	——	055

夫妇俩	——	056
夫妇	——	057
哀诉	——	058
深夜里	——	059
述怀	——	060
轻盈的薄暮	——	062
幽谷	——	064
来由	——	066
湖上	——	067
虚荣	——	068
进省城	——	069
运河	——	071
一首枯枝败叶的歌	——	073
心曲	——	075

卷三 暮晚（1997—1998）

冬日	——	081
暮晚	——	082
懂得	——	083
长夜	——	084
长幅山水	——	085
树林子里的鸟	——	087
母爱	——	088

卷四 河边柳（1999）

在悲痛里	——	093

柳树	——	094
偶遇	——	095
冬日乡村	——	096
暗淡	——	097
生死恋	——	098
河边柳	——	099
哭泣	——	100
落日里的运河	——	101
山巅	——	102
一位绣花的乡下妇女	——	103
过客	——	105
春光	——	106
古忠烈祠	——	107
乡村	——	108
满月	——	109
古老的河流	——	110
市郊公路上的手扶拖拉机	——	111
傍晚	——	112
狮子桥	——	113
一个孤独人儿的认识	——	115
纪念一座被废弃的文庙	——	117
一个在公园里唱戏的人	——	119
老妇人	——	120
小镇理发室里的大镜子	——	121
一个孤独者的山与湖	——	123
运河	——	125
冬至	——	127

卷五　在山脉与湖泊之间（2000）

薄薄的死叶在忘记	——	133
山脚下	——	134
傻孩子	——	135
村民们	——	136
母羊和母牛——给庞培	——	137
薄暮时分的杉树林	——	140
灰斑鸠	——	141
母羊的悲苦	——	142
清明节	——	143
旅程	——	144
何山桥所见	——	145
赵开聪	——	146
送别	——	147
致无名小女孩的一双眼睛	——	148
早春站台	——	149
水边	——	150
致山冈上一只孤寂的蝙蝠	——	151
1987年记忆	——	152
青春时代	——	153
1960年记事	——	154
蔷薇花	——	155
街头卖艺的瞎眼小男孩	——	156
悼朱惠芬	——	157
山坡	——	159
大院	——	160
清风	——	161

雨	——	163
门前	——	164
爱	——	166
农田间的小河水	——	168
在山脉与湖泊之间	——	171

卷六 山水的气息统驭着我们（2001）

秧苗	——	179
进城	——	180
黄牧师	——	181
从江浦县去上海遇见大片的油菜花	——	182
观看	——	183
刘先德之墓	——	185
目的地	——	186
杉树林	——	188
夜深沉	——	190
长久以来的担忧	——	191
记录	——	192
冬日	——	193
山水的气息统驭着我们	——	195
所见	——	197
十个老人	——	200

卷七 跪着的母子（2002）

芦苇	——	207
陌生人家墙上的喇叭花	——	208

稻草	——	209
老柳树	——	210
尧啊	——	211
荒草不会忘记	——	212
在被毁得一无所有中重见泥土	——	213
孤寒、贫瘠	——	214
母亲	——	215
奶妈	——	217
跪着的母子	——	218
兄弟俩	——	219
在东梁山远眺	——	221
深思	——	222
夕光	——	223
多年以后	——	224
册页四帧	——	226
泉源	——	227
过江	——	228

卷八　觅祖的道路艰难重重（2003）

河边	——	233
开善桥	——	234
老祠堂	——	235
古祠堂	——	236
尊德堂	——	237
古寺	——	239
万年桥	——	240
青山	——	241

长河	——	242
除夕夜	——	245
死去的人向窗里怅望	——	246
悼二哥	——	247
再悼二哥	——	248
悼祖母	——	250
觅祖的道路艰难重重	——	252
幸存者	——	254
王萧山	——	255
一个小孩子	——	256
不死者	——	257
学拙老人	——	258
敬一师	——	259
古夫妇	——	260
李白衣冠冢怀柏桦	——	261
不允许	——	262
江水	——	263
冬至回乡	——	264
青烟	——	265
枯树赋	——	266
喑哑	——	267
因恪守誓言而形成的旋律	——	268
妈妈	——	269
田间小路	——	270
你会吗？	——	272
落日	——	274
寒鸭图	——	275

读曼殊上人《梦谒母坟图》	——	276
我曾想	——	277
一袋种子	——	278
故土	——	279
古老	——	280
神奇的事情	——	281
神秘的恩情	——	282
馈赠	——	283
牺牲	——	284
古时候	——	285
长河	——	288

卷九 荒草（2004—2013）

荒草	——	293
荒草	——	294
荒草	——	295
荒草	——	296
荒草	——	297
长江水	——	298
你看见我妈妈了吗？	——	299

1940年观普愿寺里一尊塑于唐代的千手观音有感

　　　　　　　　　　　　　　　　　 300

自我降生之时	——	302
奇树图	——	303
坟	——	306
坟	——	307
坟	——	308

八九岁	——	309
荒草	——	310
荒草	——	311
荒草	——	312
荒草	——	313
荒草	——	314
荒草	——	315
荒草	——	316
荒草	——	317

卷十 一粒种子（2016—2020）

干枯	——	321
田地	——	322
有一年	——	323
青莲	——	324
一根稻草	——	327
短句	——	328
净土	——	337
一粒种子	——	338
小板凳	——	339
小孩子	——	340
一粒种子	——	341
一粒种子	——	342
一粒种子	——	343

卷一
古别离（1993—1995）

惭 愧

像每一座城市愧对乡村，
我零乱的生活，愧对温润的园林，
我恶梦的睡眠，愧对天上的月亮，
我太多的欲望，愧对清彻见底的小溪，
我对一个女人狭窄的爱，愧对今晚
疏朗的夜空，
我的轮回，我的地狱，我反反复复的过错，
愧对清净愿力的地藏菩萨，
愧对父母，愧对国土
也愧对那些各行各业的光彩的人们。

1993

悲 伤

没有一部作品可以把我变为恒河，
可以把这老朽的死亡平息，
可以消除一个朝代的阴湿。
我想起柏拉图与塞涅卡的演讲，
孔子的游说，与老子的无言。
我想起入暮的讲经堂，纯净的寺院
一柄剑的沉默犹如聆听圣歌的沉默。
死亡，爱情和光阴，都成了
一个个的问题，但不是最后的一个问题。
我想起曙光的无言，落日的圆满。
没有一部作品可以让我忘掉黑夜，
忘掉我的愚蠢，我的喧闹的生命。

1994

命 运

人们已经不看月亮，
人们已经不爱劳动。
我不屈服于肉体，
我不屈服于死亡。

一个山水的教师，
一个伦理的教师，
一个宗教的导师，
我渴盼着你们的照临。

1994

继 续

荷塘上的残枝败梗为我们保留了忠实,
一片叶子,满含眷恋飘向大地。

大地,变成一个人凄苦的脚步声……
为我们保留了压迫下的梦。

白茫茫的寒冷攥紧了双眼,
为我们保留了勇敢!

灰色的铁索桥,
用它上空的飞鸟为我们保留了爱!

一缕投在运河上的光
为我们保留了继续!

1995

啊，国度！

你河边放牛的赤条条的小男孩，
你夜里的老乞丐，旅馆门前等待客人的香水姑娘，
你低矮房间中穷苦的一家，铁轨上捡煤炭的乡下小女孩，
你工厂里偷铁的邋遢妇女。

多少人饱含着卑怯，
不敢说话的压抑，
岸边的铁锚浸透岁月的悲凉，
中断，太久了！

哭泣，是为了挽回光辉，
为了河边赤条条的小男孩，
他满脸的泥巴在欢笑，
在逼近我们百感交集的心灵。

1995

古别离

什么都在来临啊,什么都在离去,
人做善事都要脸红的岁月,
我踏着尘土,这年老的妻子
延续着一座塔,一副健康的喉咙。

什么都在来临啊,什么都在离去,
我们因为求索而发红的眼睛,
必须爱上消亡,学会月亮照耀
心灵的清风改变山河的气息。

什么都在来临啊,什么都在离去,
一个人情欲消尽的时候
该是多么蔚蓝的苍穹!
在透明中起伏,在静观中理解了力量。

什么都在来临啊,什么都在离去,
从清风中,我观看着你们,
我累了,群山也不能让我感动,
而念出落日的人,他是否就是落日!?

1995

楼上夜眺

有一条长河曾清晰地映照着明月,
有一个人翻越了崇山峻岭,驮回经籍和戒律,
无数慈悲的智者,在这里出生。

现在人们再也不需要了,
多少船头一样的人,
我们用无知把他们从这里驱赶。

我们忘记了自己的伟大,
忘记了祖宗正确的思想,
这阴郁的风景,这是背弃心灵的悲惨。

在天与水之间,
人世仿佛几声零落的鸦啼,
波浪已无力再讲述一个无为的民族。

不停地衰老,长江浩荡,
必须完成那么多,
能够完成的这样少!

夜明了,我心声的露水遍洒一地,
我想用语言改良的愿望终于落空,
我留下了声音,水远山长……

1995

黄昏即景

经历了火热的夏天,
我安静地坐在山坡上,
多么美好,令人放松的荒凉!
山下抖颤的灯火,
像我们接近真理时不能抑制的心跳。
快变成灯吧,
我不想看了,
要让别人看,
我有过日落
日出的痛苦,
整个白昼和将要黑夜的痛苦。
我悲怆的音调似乎来自余晖下的江水。
但我不想再唱了,
要让它们来唱,
灰蒙蒙的天,
苍茫茫的地,
树木、田野、小河……
样样都是心啊!

1995

傍晚的光芒

群山无名的伟大,
傍晚折磨良心的鸟鸣,
我们失明的憧憬,
复杂变深的心,
这大地突然炎热的窗口
他突然疯了的妈妈!
人们凝视着城门
这被遗忘的庄严
通过什么样的牺牲
才能换来我们延续的祖国的形象?
什么是我们的标准?
我们生命和群山中的六和塔?
什么把我们抛在湖边
坐望落日悲悯的鞭挞?
无人再爱,再同情,再能够朴实地把旋律继续,
写下真实的春光,天空丰腴的蓝色……
无人记下,这运载废报纸的河流,
黄昏中旧时代的黑色十字架,
啊,说着悲伤的世纪,诅咒的世纪
你怎能不加速我们的衰老?

在林荫道上,在傍晚的微凉中,
我想生活,又没有生活,想团结,又没有团结……
当湖水迎来黄昏的微光,
当卡车,外省卡车,在疾驶,疾驶
我们的孤单,无望,不知所措,
在加深,加深,更深……

1995

通向山上的石子路

多少次,我走在这条通向山上的石子路,
两边是青翠的蔬菜和高耸的冷杉树。
栅栏古老,盘着去年枯萎的丝瓜藤,
仿佛人世最纯朴的情感。

几个乡下来的伙计在豆腐店里忙碌,
他们的纽扣在阴湿的房子里闪亮。
中药库的红砖墙下,看仓库的老人
坐在藤椅上,仿佛锤炼了很久的诗句。

石子路上的孩子喊着妈妈,
一条狗摇着忠实的尾巴。
院子的铁门前站着一个两颊冻红的妇女,
是那种中国妇女独有的善良的红肿。

树梢,墓碑,静悄悄的,
山坡上的草全黄了,连着蓝天……
什么时候我能放下笔,
像它们一样获得奥秘的宁静?

啊多少次,我走在这条通向山上的石子路,
我的双眼依然在寻找美德。
在山顶上,当我能够像落日一样平等地看着人世,
当不幸,终于把我变成屋顶上的炊烟……

1995

小幅山水

我的"净玻璃"的月色，
我的真身……
湖水平缓，不可接近。
松树的影子晃动。

隐约的山岭，月光
重现了瓦片的无垠，
随意编排的栅栏，
恰好道出古老的玄机。

无尽的深陷，无尽的忠贞，
这出了神的奉献，就像冬日
伟大的简陋，擅长枯笔
与荒芜的大地，共通血脉……

朴素的石板，
古意苍苍的小路，
我们没有丧失山野的潮湿，
松树在山顶

把街道的喧嚣平息。
在猪棚和红墙之间，
这些外地来的乡下人，
在苦楝树下吃晚饭。

1995

题广济寺

我惭愧地凝望着薄雾中的塔尖,
我知道,只有我自己的不完美,
我看见的世界才是破碎的湖泊,光秃的山。
寻找着纽带,多少次的死亡
也没有造成人类的解脱。
我这个时光的囚徒凝望莽苍苍的道路。
当我到了三十岁,我有了故乡的概念。

深红的寺门正对不息的长江,
人类所有的废物在这里
抛弃,群山奥秘的蜿蜒
完全踏平了
一个男人心中大厦的阴影。
在鸟鸣停顿的间隙中,
沉稳的松树,
把自相矛盾的男女迎候。
长江浩荡,
绵延了几千里,不再有爱,
不再映现蓝天,但映现生死河上的船只。
我有了故乡的概念。
不多不少,

就是心灵。
当渴望消尽,我已经江山如画,
并要在人世上给予,
我这个生活的失败者,
在光芒的传送中是一个胜利者的形象。
最为广博,我与世界的联系,
最最渺小,我松树下的肉体。

苍桑!隐逸!空白!万年青!
它骑着孔子而来,
又乘着道观而去,湖水没有感情地映照着

夜夜慈悲的山顶的塔尖……

1995

同 伴

只要我能够描述她在清晨扫垃圾的声音,
描述她干瘦的脸在夜色中少许的月光,
描述她的动作,她弯曲的脊背,沾在铁锹上的梧桐叶子。
描述从长长的街巷走出的陪伴她的丈夫,
我就是他们的一个亲密的伙伴。

只要我能够描述这夜空,楼群,耳边沙沙的扫地声,
只要我能够,只要我能够……我的脑子里
全是从前的事情,
窗外漫天的雪花。
同一条根上的苦果

但愿这些诗句是每天洒向他们的月光……

1995

来　啊

一

冬日的傍晚像一个人的身体，
渐渐变凉。
一对患难的老夫妻，
互相帮助着，挨过田埂。

二

请向着茫茫的雪花弯腰致意，
请不要留下暴虐的声音，在遍地枯枝中！
请向着荒野浩瀚的寂寞学习，
请信仰古运河这把终古常新的铁锤！

三

来啊，就像天空和大地是一对最好的姐妹，
来啊，沿街卖唱的瞎老人和她的孙女，
我们要放弃，要记住，就像菩提树下那个人所做的，
来啊，这是被请求的乳汁，这是被请求的圆月一般的艺术！

四

失散的事物，将由仁来恢复，
在月光皎洁的河边，人们重新言和。
青草年年转黄，我们幸福地死去，
犹如火苗不再返回燃烧过的地方。

1995

卷二
心曲（1996）

锁江楼

铁船的一头浸在江水中，
岸边，每户人家的屋子里，
有一个活泼的孩子，一个残废的母亲。
艺术，还不能像逝去的亲人，
让人们懂得肉体的虚伪，
死亡闪现的微光。

几个民工在江边挑矿石，
有一瞬间，我真想跳下去
同他们一起干活。
但我站在楼上，
我是一个看江水的人，
我读的书，写下的诗，不能减去人们丝毫的坎坷。

1996

一棵树

一棵树终于枯烂,透彻!

真理就是面前的芦苇!
想象天堂之苦,拯救之苦,我宁愿是松树!

我身后的长江,落日,
我前方的农田,曙光。

我左边的寺院,我右边的道观,
我终究是包罗万象的佛塔。

写作是我的第二次耻辱,

第一次我是人。

1996

祖 国

枯草上的绵羊默默无言地望着远方，
多美啊，摆在油菜花地里的蜂箱。

一头眼泪般的牛拴在石头上，
拖拉机来回运着稻草。

那叫不出名字的鸟，在蓝天和运河上飞过，
晒在春天里的冬日身躯，渗出幸福的汗滴。

我不了解运送石棉瓦的船工的苦水，
但是落在甲板、运河上的光，永存！他们乌黑的眼圈，永存！

枯萎的荷枝犹如古人残存的精神，
没有什么比看到倒塌的旧房子更加令人难受。

姑溪河畔山顶的塔尖与江边码头的塔尖
同时，带着泥土的棕黄，刺向蓝天！

在车厢里，人们凝望着落日，
一件挂在桃树上的农民的蓝布褂。

1996

冬 天

走动的人不过是死水微澜
寂静啊，当我停留在你里面
过去的一切全都是绳索

几根老丝瓜藤
无动于衷地
在墙上掀动

它在等待那一刻
让一切都流到一起
来否定进化

在月亮
留给湖水的一缕线上生活
丢下这些作茧自缚的工具：纸、笔、头脑

1996

这 里

这里是郊外,
这里是破碎山河唯一的完整,
这里只有两件事物:
塔,落日,
我永远在透明中,
没有目标可以抵达,
没有一首歌儿应当唱完。

我几千里的心中,
没有一点波澜,
一点破碎,
几十只鸟震撼的空间啊,我哭了,
我的心里是世界永久的寂静,
透彻,一眼见底,
化为蜿蜒的群山,静水流深的长河。

1996

在桥上

一对恋人像两首老歌，
相依在古桥头上。
"我喜爱柳树谦逊，
雍容华贵的枝条……
远方苦行僧一样的江水，
没有语言能与它相称。
我想，是我心中长年的哀叹
毁了江水在这里的浩瀚，
像逆子把慈母抛弃。
一阵冷风，一阵乌云
是我反反复复的病痛。
我们的爱永久，悲哀亦永久……"
像两首老歌，
心底的苦水使他们紧抱，
像要把各自吞下。

1996

小　镇

船舱里的收音机传出演奏《江河水》的声音，
那种淤泥似的清亮的痛苦，
不再有了，
有的只是欲望失败后的垂头丧气。
在一个叫"三五斗"的茶馆里，
三四个农民，
像干尸，
围坐在一张牌桌旁，
你看看我，我看看你，
又互相躲开。
再看，再躲开。
这里什么也没有剩下，
这里的寂静不是寂静，
而是一种勒索后的疲惫。
在深而又深的胡同里，
一个被狗绳子牵着跑的人，
从没有认识到他是一个被狗绳子牵着跑的人。
这是一个淹到水里的小镇，
也没有几个想往外面跑的。

1996

在江边

在蓝天下，生锈的汽笛冒着几缕煤烟，
三条铁船已经烂在岸边。
打黄沙的水泥船在江面驶过，
船上有他们的老婆和一条黑狗。

我们坐在江堤的裂缝上，
看得有点累了。
江水上落日壮观的衰败，
静悄悄的，令人感动。

如果这时有人说出了憧憬，
就把他归于江水上的暮色吧，
因为大地本是梦幻，
何必追忆，何必悲痛呢……？

无名无姓地浪荡吧，
远山含混的轮廓，
在这里，在那里，
又倏忽不见。

1996

清　晨

珍贵的阳光涌入
像一个人掀开了我和她的被子
"你们在干什么呀?

我们整个生命
在早晨
两三声的鸟啼里

1996

在清晨

在清晨,一个人挥响了树枝,
"起得这么早,去放猪啊?"
我向这辛劳的人问候,他嘿嘿笑着:"去杀猪。"
放猪人甩动树枝:"走,走。"
我的灵魂,街灯,抖动着
像抓着一张自己的逮捕证。
县城静悄悄的,更像那个人手上甩响的树枝。

1996

在浮世

野鸭子在半空
沙哑,单调地叫着
"啊!啊!"
多么像我们,
面部安详地走着和坐着,
心里总有一种
朦胧的凶兆,
隐约的担忧……

1996

祠　堂

这里是祠堂。
从前,他们给我来信的结尾写着
"此致,敬礼"。
我们死于这种语言。

风儿摇晃着木窗。
匾额上模糊的"浩然之气",
像蜘蛛网的露水,
唤起沉溺的记忆。

天上,一朵云紧跟着一朵,
心里黑漆漆的。
偶尔从缝隙里钻下的月光
在漠然的湖面上闪烁。

多么妙不可言,
月光下的祠堂,
像亲人的尸体。
我们死于污秽的激情。

1996

一位老妇人的命运

她生来就要在这里锄地,
看着身后刨开的土,
几片烂菜叶盖着粪桶,
映着摇晃的蓝天。

在灰硬的田地上,
她深深地弯腰——
一张甘愿受苦的脸,滴着汗,
她近乎乞求地干活。

她想要甩开她自己,
甩开她的声音,
它们像最深的污秽
障碍了她的林中空地!

她孤僻,阴郁的命运
像她性格的投影,
"苦受尽了,"她说,
"我才能去一个好地方。"

在傍晚的佛龛边,
三炷香烧得诚心诚意,

"菩萨呀,观音老母,
请保佑我们全家老小。"

在角落里,她的灰上衣
同窗外的天色一脉相承,
她的衰老同万物的神情
也和谐一致。

1996

在码头边

落日饱蘸着江水,沉下去……
江风吹刮着这些民工灰白的衣服,
他们还有一段江堤必须挖完,
其中还有两个蹲坐在石头上吸烟。

像是一桩大事已经过去了,
一种寂寞,同冬日的夜空很配,
人们在城里钉着铁窗子生活,
生命大部分被浪费了。

小牛犊跑起来,
一个痛苦的歪曲的器官,
在江水边低语:
"难道我是罪有应得……?!"

1996

江　边

"同我在一起吧",
江水的浑浊浩瀚,
要熄灭我的肉体,
展开我的心。

市郊的尖顶教堂,
松林中的大雄宝殿,庄重的石狮,
仿佛死,颠沛流离,病痛
压迫而成的。

点点墨斑,
那是寒酸的麻雀。
像一群民工,
挤上火车——冷清的老柳树上。

1996

黄 昏

暮气沉沉的一天，我向山上走去，
碰见一个小孩，坐在地上啼哭，
冻红的脸上有几点泥巴。
我抱起他，"你为什么哭啊?"

"我妈妈走了……"他皱着眉头说，
"到哪里去?""去买针了。"
我放下他，向山上走去。
多么好啊，针，孩子，妈妈……

1996

无 常

在黄昏,
紧张的蝙蝠飞着。
一个,两个,
越来越多,划着混乱的线条。
我念及花园,
念及河流的迂回,
缓慢,平安的生活——

当江面上的落日愈益光亮,
仿佛深临了每一个流浪生死的心灵,
那么无限,我的透明那么无限,
就像普诺提诺斯说的:
谙尽地上浪荡的她,又要回到父亲那里。

1996

在同一条街道上……

在同一条街道上，
火车声、摩托车声、自行车铃声，
拖拉机绝望的"突突"声，
大卡车在人的神经按响的喇叭声，
一阵阵下班的洪流
如同浑浊的江水，
讲不清自己的痛苦，
不知道自己在干什么！
在同一条街道上，
在统一的黄昏的氛围中，
在统一的命运中。

1996

冬 天

冬天，
人世凝成了
鹌鹑的瑟缩模样。

人世，喑哑了，
贯穿一个故事的浩瀚气息，
因道德的干枯而消失。

同衰败的风景，
难忍地相磨着，
像石头磨着胆。

他们没有养育孩子，
他们没有能力养育孩子，
他们想："不，还不能到此为止。"

记下江水的萧瑟，
记下强烈的白芦苇，
一点点山尖

一点点人影，
江水正用浩瀚的浑浊刻画
因放弃获得的空茫的胜利。

1996

农　民

在蓑衣般的草屋里，
鞭子，木犁，静卧着。
一头牛在树荫里休憩，
一家人在凉床上午睡。

我们离开了这里，
什么歌也唱不准了。
我们的相貌
在老家的槐树下，非常刺眼。

生活，好像是改变了，
却不存在了。
我们的激情，刺伤了这里，
也毁灭了我们自身。

1996

故　土

当可以凋谢的时候，
我还是个孩子。
在古老而金黄的枫树林里，
我十五十三岁的样子。
像河水上温和的微光，
伴着镇河的小兽，
天心楼空阔的钟声。

1996

乡村记事

为了我的成长,这墓碑上写着"爱妻刘氏",
一个个长满杂草的坟墓,显然死去了全家。
为了我的成长,白墙黑瓦的小巷里
老叫花子的眼睛,像燃尽的煤灰。

一只病弱的山羊,像画中的耶稣,
站在臭水沟里,为了我的成长,
山坡上的残雪,仿佛未消的爱意,
那最远的江水,被更浓的雾气遮蔽。

1996

高耸的德行

湖面上的早晨之光，
仿佛万物的根源。
在我们的头脑里，
映现着冷杉高耸的德行。

林荫道上的妇人牵着小孩，
这些辛劳的影儿，
慢慢长大，埋入尘土，
不知道去了哪里……

我把活着和死去
像手掌一样合拢，
在灰色横贯的大地
在映着微蓝天穹的水洼边跪下

我们哪里能谈欢乐
我们要谈悲痛！
我们哪里能谈爱情
我们要谈死亡！

湖面上的早晨之光，
仿佛万物的根源。
在我们的头脑里
映现着冷杉高耸的德行。

1996

恩　情

夕阳西下,
山坡上,
每一块耸立的墓碑,
都可以忽略了。
只看到
波光粼粼的湖水的恩情,
挺拔的松树的恩情,
悲痛的落日
在茅茅草上,
与逝去的亲人
低语的恩情。
顺从他们吧,
在这一切里面寂灭,
在这一切里面延续下去。

1996

跃进桥

十二月的柳树,仿佛一个纤弱的小女孩,
我们要把她珍藏在心底。
远处的起重机勾勒着黄昏的凄凉,
一个工人和一个农民无言地相遇在桥头。

纵横的铁轨像放倒的绞刑架,
被落日的光涂抹着。
太像一笔债务,
要由我们来偿清。

郊外,一名贵妇人的坟上压着石头,
她的苦难从1912年开始到1990年结束。
她门上锁襻的"吧嗒"声
吞噬了一颗荒漠的心。

1996

甄山禅寺

芭蕉的样子多么舒展,
狗跳着,咬身上的虱子。
当它叫累了,它会睡去。

小女孩翻看着睡莲叶子,
她的弟弟送一桶水去菜地,
在四周,群山像一件展开的僧人的袈裟。

几个农民刨开蒜苗地,
阳光涌入,
死者正是这样得到幸福的。

池塘里掏出来的淤泥,
摆在路边,
我们处在一个充分暴露的伟大时期。

1996

郊 外

落日下,
一个农民
挽着裤管,
他腿部的泥干了,
地里的坑也一个个挖好。
河里没有鱼,
唯有烂不了的泡沫饭盒。
一只麻雀站在泥巴上,飞向一棵柳树,
又站到泥巴上,飞向柳树,
很像我们,
吃饭,住下,
吃饭,住下。
我现在想通了,
要在苦中更加诚恳,
像狗对待主人的踢打,
总是摇尾。
一头来受罪的老牛,
在干涸的小溪里,
摇晃了很久,才在卵石的缝隙里
站稳脚跟。

冬天在孕育，
郊外的火车在怒吼，
我傻愣在那里，
看着天上的乌云，
迅速地变暗了人世。

1996

香椿树

桃花已经开过了,
香椿的树叶在长出,
犹如孤儿头上
直立的几根毛发。

孩子们来了,
孩子们在放风筝。
山顶上的成年人,
看着进城的民工扛着苦水般的棉被。

从蚌埠来的穷人,
住在山坡上的茅棚里,
靠捡垃圾为生,
他们的妻子坐在嘎吱作响的竹凳上。

一朵无名的花,在山坡上开,
一缕残阳,犹如受难者
临近解放的泪滴,
洒在墙边的破瓦、车轮印上。

我还能干什么呀?香椿树……!

1996

我不再向外寻找

我不再寻找,
我放下,
像傍晚放下阴凉,
月亮放下清辉。

我们错了,
把希望寄托在外面的改变。
几年来,
被愤怒刺瞎。

阵阵思绪
像青铜器上的污垢。
抑制它们吧,
我们今生不幸和来世悲哀的祸水。

不再向外寻找,
在疼痛的收缩中,
我放下了。
月光洒遍了山顶。

1996

古桥头

万物在人的烦恼中
显得晦涩，不安而易逝。
麻雀像一阵污水，
飞回了柳树林。
这是我们的失败。
可怜啊，我们这些拒绝说教的猴子！
我们把哭声引入了
大好河山的祖国。
多么像我们自己，
金黄塔尖周围的蝙蝠。
钟声散成灰烬，
松树拧成铁丝，
落日像一个吻，
印在肺痨病患者的运河上。
田地没有耕种，
荆棘没有拔除……
什么也没有生下，
我们留给子孙的将是十分荒谬，
十分神经质的空白。

1996

古　镇

听诊器挂在石灰墙上……
树荫下的老人扇着苍蝇,
小河像一枚生锈的针,穿过桥洞。
渔翁坐在船头吸烟,
孙女望着尖顶的水泥教堂,
采石矶门前的石狮。
一个税务员甩动着袖子,
从小巷的一头走到另一头。
菜筐里屈辱的西红柿
同仿古的仁义堂,遥遥呼应。
我们小时候的祠堂,
只有那棵大枫树还在,
它就像一阵寒冷,
加快了我们的脚步,
去看一位瞎了眼的老大妈。
她爱着枇杷叶的苦味,
房间的昏暗,
不幸是他唯一的洞察力。
有一年,
人们丧失了欢乐的能力,
只有一些粗糙的
转瞬即逝的东西。

1996

夫妇俩

他老了,
她也老了。
老,像电击一样刺痛旁观者的心。
他们一会儿就吃完了一只鸡,
男的吃头,女的吃腿。
窗外的春天迎面吹来,暖烘烘的,
他们的心动了一下,
像公园里的冷杉树,
高高耸立,难以描述,
而他们死去,烂掉
也不要紧。

1996

夫 妇

在公园的石凳上,
男的把头贴在收音机上,
女的呆坐着。
互相折磨着呵,
一辈子,
他们被性别践踏着,
就像树叶任凭着风儿,
小船任凭着波浪……

1996

哀 诉

在田野里,
青蛙的叫声像是哀诉:
"我在一个坛子里,
在一个四条腿、两只眼睛的绿色小坛子里。"

1996

深夜里

在夜里，我还远远没有出生，
户外，一声声蛙鸣
显现的空寂像是我的真身。
芭蕉上的露水
一滴滴下来。
赤脚的女孩，
连同月亮，
像刚刚醒来的欲望
引诱我出生，
我落在精密无边的空荡里，
不能再中了夜晚母亲
要生下我来的想法。

1996

述 怀

当再没有主题可以宣讲,
人们在这里生活,
却没有办法来安放
各种树,各种花,
各种草,和各种鸟。
人们有这么多珍贵的财宝,
却没有容纳它们的瓶子。
这里的每一件事物
都是他的心灵折射出来的。
各种树,各种花,
各种草,和各种鸟,
如果有一样不是他的心灵,
他就孤立了,
就要在梦幻里,
沉沦到很久……

当再没有主题可以宣讲,
人们在这里生活,
心中都有一种失去了
中心码头的凄凉。
而湖水安静,

仿佛刚遭受完暴力，
折射着他的思想，
没有一丝波澜。
从今往后，
迅捷的水鸟，
混合在苍穹的光里，
变成遥远的钟声，
渐渐冷清，
像你，坐在我身边，
像我，坐在你身边……

1996

轻盈的薄暮

一年比一年灰暗了,
从纺织厂刮来的烟雾
熏黑了我们的住所,
心灵的衰微应对衰微的世界。
湖水,柳树,踩得很硬的土路
彼此相连又默默无言,
犹如贴着水面的云雀,
变为两只,然后又分开,
我们深深地爱着自己,排斥他人,
在这里,在那里
还有几个安详的人?
我们要得太多,
所以有很多痛苦。
我想要做的那个人,
那个太小又大到无边的人,
在他没有分别的心里,
只剩下塔,
只有几笔的人世。

岁月逝去了,
留下太多的石头。

这个把过去的伦理当作迷信的地方,
贪财,是它的漏洞,
好色,是它的奇祸。
墙头上的枯草,
瑟瑟发抖,
像我的羞愧。
我全身的感官祈求
建一座六和塔,
领一领混乱,
建一座招隐寺,
与皇宫对应。
在孤单的窗子后边,
我的视线移上一座山,
那里有枯透的老树,
遍地温柔的茅茅草上是那轻盈的薄暮。

1996

幽　谷

我们曾经依偎,
我们曾经相爱。
然后由吵闹变为打骂,
由打骂变为哭泣。
很久了,她在我心中,
就像钻头在墙壁中。
但这不是她的错误,
这是她身不由己的缺点,
令我痛苦,
也令她痛苦。
在这里,
我们承受着毁坏
一切标准的后果。
必须离开,
远远地离开。
那里有一座古桥,
还有攀向山顶的石阶,
那里还有一座古宅,
仿佛幽谷,
无论世上的什么,
都在里面回响着。
然后静悄悄的,

像桌子上的镜子,
清楚地照着。
中堂的两侧写着:
"为乐最善,
读书便佳"。
云朵也像很慎重、很缓慢的样子,
我们想要不死就得把自己忘掉。
河水清凉婉转,
我也清凉婉转,
月亮晶莹透亮,
我也晶莹透亮。
流水、草地、月牙……
都是我的心
流出来的
我又有什么不快乐的?
我一切都好。
只有一点,
在这里,
在月光
刺透的银色台阶上,
我爱你,
我不爱你。
这都不能使我解脱。
那就让我们企求自己的心,
像坟场一样寂静,
而世界就像烧光了一样。

1996

来 由

仿佛是我们的缺点
造就整个人世,
造就我们的哭和笑,
我们干枯的心造就风景。
一触即发的欲望
造就了我和你。
在长久的相对里生活,
我们得到了尖锐的矛和抵抗的盾。

1996

湖　上

树林里的布谷鸟让我放下了桨，
看着岸上回家的人在街道上组成的一条黑线。
人的一切都包含在这条黑线里了，
在船上观看的我，又笑了一会儿。

因为坐车人在后边喊："向左，向左。"
老汉就向左，向左。
因为坐车人在后边喊："怎么搞的，啊？啊？"
老汉就在前边答："噢，噢，是的，是的。"

天空阴沉沉的，
仿佛一个人低头写着状纸
周围的一切
都跪下。

1996

虚 荣

我的一个邻人死了，
我去了一次墓地，
见到铁一样的麻雀，
还有年轻的松树，
多么徒劳啊，
像绵羊在广阔的天空下
脆弱的叫声！
一个人对另一个人的哭声，
伴着日光渐渐的黯淡，
还有湖面的清冷，
在加深，在变得浩瀚。
时光逝去了，我们没有变得智慧，
反而更加愚昧了。
湖水轻轻地拍打着堤岸，
然后又来拍打，
多么像我们人世追求的欢乐，
一瞬间就消失了，
然后又去积累，又消失，
这是多么可怜的一桩事啊。

1996

进省城

过长江时,
车上的乘客全睡着了。
汽车疾驶着,
码头沉重的铁锈色留在脑海里。

惨白的石灰池边
有一台粉碎机。
在炸开的大山里
农民搬动着石块。

群山的灰烬
水泥厂的粉尘
在空气里
羞辱着田埂上的野花。

泥泞的乡间小路上,
衰老的农妇走过。
耕牛像一颗巨大的眼泪,
立在草垛边。

烟囱插在麦地里,
在农家的红砖墙上,

用石灰写着:"少生快富奔小康"
"大打一场围歼车匪路霸的人民战争"。

而在省城,我会看见
另外一条江水
另外的,但是同样睡着的人们
像粉碎一样确凿!

1996

运 河

傍晚的运河
又阴郁,又落寞,又新鲜。

一缕光投在邋遢、肮脏的船帮上,
河水冒着严重的沤烂气味。

这一条挤在花花世界的
脏运河,

同难以言说的天空的灰色,
像是我们,

秘密的花房。
一种泥泞的美,衬着阴沉的天。

无论什么也不能破坏河水无动于衷的萧瑟,
破坏落日下的瓦棱,芦苇,在我心中的印象。

河面越来越暗,人世
越来越像一种巨大的羞耻。

只剩下老人和孩子,
怎样尽孝,怎样训斥。

只剩下很美的桥,

直挺的树。他还不能粉身碎骨

在微明的境界，
和悠远的钟声里。

在巷尾，一个为自己的品德暗暗悲泣的少妇，
叹息着五戒，十善。

她咬着包装纸的怪女儿，
从来没有懂得母爱。

一个杀猪匠把油腻的手放进钱箱，
一条狗，只剩下愤怒和摇尾巴。

1996

一首枯枝败叶的歌

我回来了,现在来讲一下我漂泊在外的教训:

"我就像风一样走遍了大江南北,
我看见人们的房子散发着圣者已逝的气息,
他们被外在的事物耗尽的脑汁,
犹如落日吐在运河上的血。"

"死亡也没有办法把他们变得谦卑,脚踏实地,
我看见怨恨给人们的脸上带去的不祥和尖刻,
衰微的城墙难以再传达竹林的回响,
人们在狱中吃喝拉撒,目光不超过眼前三寸。"

"没有悲痛的能力,也没有欢乐的能力,
我们把土地,也就是灵魂,丢了。
唉,真悲惨,我们的处境就像是广漠荒野上的孤魂,
被风声吹到这儿,吹到那儿,彼此仇恨、忌妒……"

"我已遗忘了落日的光辉和它的阴影,
我已遗忘了臭水河和破损的墙头也是我的化身。
因为我一看见她们就痛苦,
我遗忘了,我们本是一棵树上两片对称的叶子。"

"我们用了太多的精力来对抗暴戾,

忘记了自身美德的建立,目光呆滞,
还有一些丧失了戒律,又干又硬……
星光呀!请快快刺破这一切在我心中形成的淤血。"

1996

心　曲

致中和，天地位焉，万物育焉。

——《中庸》

1

高远的天空用冷漠聆听

一只头羊，用"哞，哞"的叫声，呼唤那些迷失的小羊。

在一条小河上，木船轻漾着，

一个蓬头垢面的流浪汉走在岸上。

清风经过此地又吹向光秃秃的山冈。

几十户人家，几十根烟囱，

一片片舒缓的柳树林，

小河的水临近一个人的灵魂。

我知道，你已裹上尸衣，

只是不愿说出。

我们极愿改变，

而时光在腐烂中逝去，并不意味着我们已经死去

一年年的重复，

这条小河的沉默

映照那灰色、圣体的木船。
我们脸上的痛苦证明我们自己并没有获得解脱。

2

总是在耽搁啊,我们何时聆听过无花果树在夜里
又长出一寸的声音:幽黑的枝干与今年的绿枝融为一体,
犹如墓碑上的生卒年月。
总是在耽搁,在忧愁

总是暴怒在伸展着身体,
因为中心丧失了,
我们在这里悲叹,
看着白色的蔷薇在枝头凋谢

山坡上托着腮帮沉思的墓碑,
大片的田野——小路尽头的落日
环绕着已经来到山冈上的人,
他是大千世界中微不足道又不可缺少的一环。

清风吹着他寂静的额头。
我们的传统就是这条小河与岸上的流浪汉,
还有这光秃秃的山冈,
一缕光照着墓碑上喑哑的文字。

3

潺潺的小河流经村落的各家各户,

告诉我们活着要像水一样低下,
这是我们生命中最古老的联盟,
我们漂流着,被不死之力相连。

光秃秃的山冈,
仿佛最真实、最严峻的本质,
支撑万物运行的尺度
我们得以生还的根源,像那唯一的高挂在天。

但那庄严不是肉体的,
是我们的本质,仿佛聚集一处的遗忘,
要拯救的不是户外,因此那个人才能在阴天
看见光明;在混乱中看见秩序。

不再有折断的长矛,
我们的现实仅仅是事物间的关联,
哦,这关联的获取,是生命能够滔滔不息的秘诀……
他隐忍着飞进了小鸟挣破蛋壳的辽阔声音。

4

仁慈的力量又沉默,又威严,
人们又怕他,又要去接近他,
我们要学习这天赋的美德,
用不着恶声厉色。

因为上天的主宰,没有声音,也没有气味,
可是你们仿佛腊月初一死去儿子的妇人

是无声的雪花，
在加深地哭泣。

一些妇女，一些失意的老人，
在去教堂的路上会经过这条流经各家各户的小河，
七十年代的手提包里放着黑皮封面的《圣经》，
孙子的照片，奶瓶。

不久，那挥锄的人就是坟墓，
山冈上孤独的自行车轮——生命的意义。
我们舒缓下来的时候，心灵的空白
让我们感到轻轻的喜乐。

1993—1996

卷三
暮晚（1997—1998）

冬　日

一只小野鸭在冬日的湖面上，
孤单、稚嫩地叫着。
我也坐在冰冷的石凳上，
孤单、稚嫩地望着湖水。

如果我们知道自己就是两只绵羊，
正走在去屠宰的路上，
我会哭泣，你也会哭泣
在这浮世上。

1997

暮　晚

马儿在草棚里踢着树桩，
鱼儿在篮子里蹦跳，
狗儿在院子里吠叫，
他们是多么爱惜自己，
但这正是痛苦的根源，
像月亮一样清晰，
像江水一样奔流不止……

1997

懂 得

一座坟静卧着，
一块碑竖立着，
就像我自己在静卧，
在竖立着。
风轻轻地吹过荒草，
一层一层地吹过去，
就像我自己在吹过去，
无动于衷地吹过去。
狗不断地在远处叫着，
又被寂静的虚空包容，
就像我自己在叫着，
在包容着。
没有什么彼此，
也没有什么先后。
只有迷茫的人才会去伤害，
只有糊涂的人才会去憎恨。

1997

长　夜

我们也不知道造了什么罪，
走到今天这个地步，
连自己的源头也不知道在哪里。
我们抛下圣人永恒的教育，我们崩溃了。
快要一百年过去了，
我们忘记了很多事情。
虽然受了很多苦，
但也没有起到什么作用，
就像泼在石头上的水，
连痕迹也无法找到。
那种不得安宁，没有归宿的
痛苦声音，在继续着。
难道就不会有这样一天，
受苦，又使我们回到大度和坦荡，
由悲伤到欢乐，
由衰老到新生。
一座座坟地，
就像父母一样盼着我们归来。
我们放下了自己，
就是放下了漫漫长夜。

1997

长幅山水

这里的祠堂已经破烂了好些年了,
几十户人家的目光盯在游客身上,
他们连村落里的小河也顾不上。
但浑浊的河水把月亮映照得还是那么明彻,
他们虽然有眼睛,但就像瞎子。
又怎么能继续?靠什么继续呢?

在夜里,这里也有铙、钹和一把筝,
配着一个拿腔拿调的女音。
就像留在树上的蝉壳,
真正的精神在这里淹没了。
我们的落魄,在惊飞的几只蝙蝠的尖叫声里,实在太明显,
我们真担心,祠堂的大门会扶不起来了,
而以后的人,怎样在这里呼吸呢?

这里曾经讲过的:
"父慈,子孝,
兄友,弟恭。"
早在我们父辈身上只剩下一个微弱的疤痕,
我们搁浅在这里,
一点点动静都让我们的神经感到痛苦。

多么好的佛像,多么好的《论语》

我们已经丧失了这样的养育,
已经把慈母抛弃。
再热闹的街道,
再豪华的教堂,
也掩藏不了我们的乡愁,
我们严重的落寞,
面对这萎缩的祠堂,
在啜泣,
而阳光正通过花格门窗
洒向我们,
我们竟然没有能力把光线向下传递!

我接受菩萨,
接受湖水的遗嘱,
什么时候
我才能观看着世界,
不吃惊,不感动,
只是清清楚楚地映照着?
正如光阴即是太阳,
果实即是劳动。
没有什么不完美,
没有什么不满意。
月悬中天,
我犹豫了一会儿,
我是高山流水。

1997

树林子里的鸟

树林子里,
不同的鸟
用不同的声音,
"啊、啊"
"咕啊,咕啊"
"……"
说着同样的事情:
"这样活下去总不是办法,
总要想一条出路啊!"
我听着他们的叫声,
听着听着
就要流下泪来,
因为我跟它们
有同样的肉体,
同样的痛苦,
虽然有的时候,
我笑着和说着,
但等到我笑完了,
等到我说完了,
这个问题总会如期而至:
"这样活下去总不是办法,
总要想一条出路啊!"

1998

母 爱

> 爱鼠常留饭,
> 怜蛾不点灯。
>
> ——(宋)苏东坡

我打开门的时候,
一只老鼠进来了。
她看到我的一刹那
所表现出的惊慌,
让我感到了她的心灵!
她吓得从嘴里放下了
她的孩子,
一小团红肉块,
肚子蠕动着,
她极端的脆弱,
令人毛骨悚然。
我躲到了窗后,
想观看她们的母子情。
很长时间过去了,
一点动静也没有,
只有幼鼠的叫声,
敲击着雨里的寂静。

她一直没有出现,
她知道我的存在。
因为我往堂屋走的时候,
她就衔着另一只幼鼠跑出去了。
她已经知道这里不安全,
她觉醒的速度真快!
过了很长时间,
大约有二十分钟吧,
我开开门,
看见那一只幼鼠也不见了。
这漫长的二十分钟,
一定是她心里牵挂这只幼鼠的二十分钟。
她也放不下她的子女,
她也能记得她的子女丢在了什么地方!
这是她细致的母爱,
一点也不比我们人少,
一点也没有遗忘。
后来她又来过几次,
在院子的花园里,
衔走几片干枯的竹叶,
大概是给那些幼鼠们
搭一个窝吧。
我还记得它眼睛里的惶恐,
记得它眼睛里的灰暗和贫穷。

1998

卷四
河边柳（1999）

在悲痛里

光线洒下来,
像一阵阵细雨。
在棕榈树下,
请原谅我窘迫的黑暗。
多少年过去了,
悲痛消磨着我。
我的脑海里仍是那些石牌坊
倒下来的轰响。
我还没有智慧去忘掉它们,
但我应当放下这些,
因为我的生命里,
没有石牌坊,
也没有两只怒吼的狮子。
我的生命是轻盈的,
可是我愚蠢地用痛苦惩罚着自己,
仿佛只有跟痛苦对应才是正确的。
我就这样浪费了我在世上的光阴,
我的心是可以回应着夜晚
沉睡的群山的寂静,
回应着那些树木,
在群山里的奥秘。

1999

柳　树

温良的乳母一样的柳丝，
在沉静的水边，
轻拂着，
看上去那么容易。

它安慰每一个怒火中烧者，
并为悲痛者讲述：
"一切，不过是过眼云烟；
一切，也会反过来，温暖可亲。"

1999

偶 遇

"胡翠英死了?"
"死了,
早放到护国寺的往生堂去了。"

我们就像暴雨冲刷的泥巴路,
像大雄宝殿门前一块一块的青条石。

1999

冬日乡村

几只鸭子在冬天的水面上,
像一根羽毛,一滴香油。
枯草,老桥,又新颖,又熟悉。

男人和女人,在田里挖,埋着头挖。
冬天,在画着清淡的素描。
柳树,槐树,一棵,两棵……

哦,清淡的几笔,
来自于一颗心。
一颗无法陈述的心。

1999

暗 淡

生命好可怜,
有的瘸了,
有的瞎了,
有的孤独并且呆滞了,
有的在地上爬着。
有的在泥巴里,
一句话也不说。
有的,很遗憾,
走的时候把被单都给抓破了。
生命好可怜,
我们在这里生活,
却什么也没有学会,
而母爱是唯一的护身符。

1999

生死恋

一个人死后的生活
是活人对他的回忆……
当他死去很久以后,
他用过的镜子开口说话了,
他坐过的椅子喃喃低语了,
连小路也在回想着他的脚步。

在窗外
缓缓的落日
是他惯用的语调。
一个活人的生活,
是对死人的回忆……

在过了很久以后,
活人的语调,动作,
跟死去的人一样了。

1999

河边柳

傍晚的柳树,
要教会我们和平。

公公、婆婆,
岳父、岳母,
夫妻、兄弟,
姐妹、妯娌。

像一根根柳丝,
轻拂在傍晚的水面。

1999

哭　泣

"你为什么不把烟戒掉?"
"哪有那么容易的事!"
"为什么不试试呢?"
"试过好多次了。"
一对男子隔着冬天的河岸在说话。
听到这些话的我,
哭了。

我看见坟墓上落日的光芒,
我为单纯的暮色哭了。
为妈妈磨平的搓衣板哭了,
为爸爸临终时瞪大的眼睛哭了。

哭泣,
把我变成万物里一条清亮的小河,
一道清爽的山坡。

我为自己的幸福哭了,
为我的灵魂像夜晚一样清新,哭了。
我就这样流着泪,
感受那幸福的起伏。

1999

落日里的运河

在运河边的小树林里,
那些鸟的叫声就像在喝着清洌的水,
有一种放弃的轻松和快乐。

舒缓、轻淡,
像古时候的豆油灯,
被变化吞噬了。

人啊,
就像母亲的咳嗽,
何时才能好呵?

何时,
我才是静谧的小树林,
是落日里的桥?

我被天边的落日充满了。
我被运河上落日的光充满了,
我被落日充满了,我被覆盖在老桥、高塔上落日的光充满了。

舒缓、轻淡
那些鸟的叫声就像古时候的豆油灯
有一种放弃的轻松和快乐

1999

山　巅

落日以自己的无常向我们展示
化解痛苦的方法
蜿蜒的小路也来帮忙
还有草丛里星星点点的野花
在山下
烧荒的火焰
以浩瀚的流逝
也来提醒，来帮助……

1999

一个绣花的乡下妇女

冬日午后的阳光,
特别舒坦,
照着她手上的金线,
她正在绣两条龙。
她的脚,
摆在草焐窠里。
墙壁上,
挂着各种蔬菜的种子。
桐油漆过的大门,
散着闷闷的光。
一阵清风,
吹落了杉树的叶子。
如果我有这一阵清风的坦荡就好了。
几根老丝瓜悬在木架上,
她绣的两条龙的绸子布,
要供在菩萨前的香案上,
为了死的时候像树叶一样悄然。
在她的家门口,
走了几辈子的条石路,
像一块老银子在薄暮里伸展。

一阵清风吹过，
如果我有这一阵清风的安详，
我就好了。

1999

过　客

我在石凳上只是坐一坐，
我看那河水也只是看一看。
我不过是一名过客，
不会把这里弄脏。

运河里的水干了，
露出灰色的桥墩子。
我死去了，
反而活得更好。

暮色给我带来了安宁，
而爱情给我带来了颤栗。
因为她们要我沉溺，
而我不过是一名过客。

我在石凳上只是坐一坐，
我看那河水也只是看一看。
我不过是一名过客，
不会把这里弄脏了再走。

1999

春　光

小孩子哭了，
为一颗牙。

本来她是没有疼痛的，
所以她哭了。

我们的哭泣，后来也变成了甜蜜，
和车窗外早晨的清新。

火车由迅速变为缓慢，
由缓慢变为迅速……

快过去吧，
对痛苦着魔的时光。

我们看见了无常，
像看见婴儿晶莹的眼睛。

湖边的柳丝，
温婉的濡润……

1999

古忠烈祠

仿佛我们的生命,
是春雨,
是淡薄的柳丝,
和脚下的青条石做成的。

而我们的思想,
就是月色下的瓦棱。
因单调而无垠,
下面有一个忠厚的屋檐。

低声地谈论着这座建筑,
像在谈着一位死去几十年的老人。
一棵古树的浩然之气,
一座老桥温婉的韵味。

1999

乡　村

我要写一写她家河边的杨柳，
写一写她弯着腰在菜地的样子，
写一写她家堂屋里的小板凳，
她家的鸭子。

乡村呵，
就像一头驴子，
一根绳子就把它留在了树桩上，
摇着尾巴。

在它的眼里，
万物的寒霜，
消化得多么好呵，
忠厚、无言，还有温良……

1999

满 月

孩子们在大树下睡着了,
儿子为衰老的母亲扣上扣子。

满月的光辉,
瓦棱畅快的线条。

他吸收了柳树柔软的部分,
和露水里苍天的寥廓,

即将摆脱他的时代
那种悲伤的局限。

柔和的傍晚来临了,
在悠远而凄怆的运河水上,

那座古老的万年桥
还是那么奥秘、灰暗。

我爱它们,
像未消的雪

在瓦棱上,
像满月和柳丝,在河湾上。

1999

古老的河流

夕阳西下,
群山绵延,
河边的死猪,
四脚朝天。

傍晚的天空柔和,
用这赤身露体的恐怖,
丢下滚烫的话语:
"这就是你的悟性!"

夕阳西下,
群山绵延,
河边的死猪,
四脚朝天。

像山下的灯火,
万家灯火,
在我的心里
照亮,并提醒着……

1999

市郊公路上的手扶拖拉机

像拖拉机一样振聋发聩！
像拖拉机一样思绪混乱！
像拖拉机手一样颠沛流离！
像拖拉机手一样头昏眼花！

拖拉机上装着废弃的铁丝！
拖拉机上装着炸掉的大山！
拖拉机就是崩溃的江堤！
拖拉机就是决堤的江水！

1999

傍　晚

一缕落日的光，
沿着水塔、老槐树、围墙洒下来，
像一位仁慈的人，
晶莹的眼睛。

母亲在菜地里浇水，
初夏的风吹着这个虔诚的傍晚。
我是多么幸福呵，
就因为我是她的儿子。

柿子树的腰弯得那么深，
垂满果实，
我是多么幸福呵，
就因为我是活着的。

1999

狮子桥

江边横七竖八的大麻包,
码头上的农民工,
他们在路上拥过来,
像鬼影一样从桥上经过。

"今天赚了多少钱呵?"
"哎,不赔本就算好事了。"
运着旧报纸的船工
和对岸的生意人打招呼。

树上的鸟巢越搭越高,
人世因为没有真正的目标显得更加迷惑人。
傍晚的铁轨,
就像柴火的灰烬。

父母们老了,开始回忆
"我们这一代才叫暴风骤雨……"
他们丢下几亩地,来到城里,
很多事情迫使他们怀念那磨得发亮的锄柄。

薄暮里的狮子桥,
像死去的不变的目光。

冷漠、灰蒙蒙，
横在枯黄的两岸。

没有一个地方，
没有一个人，
不是丧尽了荣光，
丧尽了自尊的。

河水静静地泛着涟漪，
安慰我们在此成长的痛苦，
如果我不能成为光，
一切，就是我的心绞痛。

1999

一个孤独人儿的认识

一片叶子落下了,
那不过是一片叶子。
一条小河干了,
那不过是一条小河。
在过去,
我可从没有这样的认识……

那不过是一点名声,
像狗咬着的骨头。
那不过是一块野蛮的土地,
以后也会变成其他的样子。
在过去,
我可从没有这样的认识……

我的心不是在为它们的痛苦里,
就是在为它们的快乐里,
但这是我自己的心啊,
我为什么要跟着它们去快乐或者痛苦呢?
那不过是一片叶子,
一条干了的小河啊,
我对自己说:"我要过宁静的生活,

要做自己心灵的主人。"

不久，那一片叶子又落下了，
那一条小河又干了。
我以为那又是什么凶兆，
什么灾难又要来临了。
我就这样折磨着自己，
在世间度过了困惑的一生，
一点好日子也没让自己享受过。

1999

纪念一座被废弃的文庙

在日夜流淌的长江岸边,
烟囱的黄烟,
为我们缓缓勾勒
下雪天的暮色的凄凉。

一个个榜样来过了,
一个个完整的暮色也来过了,
就像这几幢只剩下十几根大柱子的建筑,
从来没有被我们理解。

雪地里裸露的铁轨,仿佛穷酸的孤儿,
这穷酸一直延伸到远方
我看见那站在枕木上
两颊落满煤灰的乡下妇女。

她就像深埋在地的灵秀的长窗,
像死去的文庙里砸碎的石碑,
要求我们俯在雪地上回忆,
用这漫天的雪花,用湖面上的两只飞鸟

它们上下追逐,
像长久以来的失落。
为了抚平这种对立,

一个个榜样都来过了。

攀升的台阶通向的圣贤的所在,
传不下去了,
高耸的杉树融入灰色的天空,
这是我们再也写不出的一首硬朗的诗。

为什么我会不安,
看着那石碑上,
用娴静的书法撰写的"孝"字?
为什么我要注视这自由的雪花?

在暮色一样消歇的大地上,
几扇歪歪扭扭的长窗,
几只砸碎的石头狮子,
只是一阵封建的残余。

人们在寂静中交换着蔬菜和钱币,
装卸工把冻僵的猪肉甩向卡车。
白口罩下,为大雪而生的女孩子,
人们依然有为一场大雪而生的眼睛。

在日夜流淌的长江岸边,
寂静的雪花为我们缓缓勾勒着
这个小城的暮色的凄凉,
这是我们用苦水盼来的一场大雪。

1995—1999

一个在公园里唱戏的人

一个女人敲鼓,一个女人敲梆,
一个男人拉二胡,一个男人拉京胡。
两男两女配着一张嗓子,
一张嗓子,越唱越激昂,越唱越感慨。

当他回到了家里,
又变得软弱和沉默,
软弱,像一条虫子,
沉默,像山上的墓穴,

在每天早晨的公园,
在每天傍晚的公园,
是他暴跳如雷的老婆让他慷慨激昂,
是他暴跳如雷的老婆让他趋于激烈。

当他回到了家里,
又变得软弱和沉默,
软弱,像一条虫子,
沉默,像山上的墓穴。

1999

老妇人

白果树的叶子，
是多么温柔、安详啊，
但她就像一具骷髅。
手上抓着几块小木头，
准备去生炉子。
白果树的叶子，
是多么温柔、安详啊，
但她就像一具骷髅。
仿佛风一吹，
就会倒下来。
她的身边还有一棵耸立的广玉兰，
一大丛疏朗的竹子。
她的腰弯在那里，
手上抓着几块小木头，
仿佛风一吹，
她就会变成头盖骨，
肩胛骨，膝盖骨……

1999

小镇理发室里的大镜子

"你们都来了,
你们都去了,
我都看到了,
但是我没有动,
我看着你们,
就像看着木偶……"
理发室里的大镜子,
像小镇上的先知,
以无声的语言,
向我讲述这个平凡的真理。

我不得不说,
三十二年过去了,
我心中的情欲还没有平息,
这是我片刻得不到安宁的原因,
我的欲望就像溅在绿叶上的石灰,
这是折磨我的第一个问题,
折磨我的第二个问题是死亡,
人们用寻欢作乐把它放弃了,
但是,不是要等到死亡的时候,
我们才是死人,

不是要等到烧成灰烬的时候，
我们才是灰烬。

我们必须经过长久的寻找，
才能回到老柳树下的石凳上，
两眼望着波光粼粼的湖水。
我们以为灵魂是可以寻找的，
如果灵魂是可以寻找的，
灵魂也就可以失落，
失落的东西不会长久，
不会长久我们也就无须寻找。

在这里静静地坐着吧：
"你们都来了，
你们都去了，
我都看到了，
但是我没有动，
我看着你们，
就像看着木偶，
我是来镇定的……"
小镇理发室的大镜子，
虽然没有这样说，
但它这样做着。

1999

一个孤独者的山与湖

1

一段时间以后,
我又要到山上去坐一坐,
去调我破琴一样的心。
我会选择一块抬眼就能看见落日的地方,
我想坐下去,一直到石化。
可是我的老母亲怎么办,
如果我就此石化了?
留恋就像一阵寒风,
吹着我回家,
在窗前,
月亮在我的脸上洒下苦涩的泪滴。
我不会忘记怎样让母亲幸福
仍然是我们所追求的最伟大的艺术。

2

多美啊,
那些逆来顺受的柳树,
在河岸上。

那条河，
不会留下任何擦痕——
我们变成了最不好的，
但完全可以是最好的，
痛饮空气里阴沉沉的泥泞，
我的欢乐就要长出一只肺叶了。
虽然我还没有木头，
但我已经想好了一扇窗户。
在那扇窗前，
多少年来，
我就失去了自己的面孔，
我不会忘记我去那里是去寻找自己的面容的，
没有明白生死我就不忍母亲离去。

1999

运　河

这不是一座城市,
这是灰蒙蒙的水泥厂。
老房子被拆掉了,
狗也死了,
倒在运河边,
像家里的一个老人。
运河上一条船也没有,
我们的桥,半月形的,
在远处,
令人想起生命是柔和的,绵延无尽的,
如果生命不是永恒的,活着干什么呢?
只是我们的烦躁,
越来越小的耐心,
使我们再也造不出那么精细的护拦,
而柳树的枝条还是轻松地悬挂着,
那都是不屈的泥土的功劳。
我凝望着今天的河水,
我的生命暗淡了,
它好像正处在薄暮向夜晚转换的时刻。
随后,

我的视野展开了,
看见每一个下班的人,
像一列气喘吁吁的火车,
在那半月形的桥梁上通过。

1999

冬　至

死者的力量,
犹如冬天的风,
吹起我们这些落叶,
向着有塔的群山飘去。
我们亲人的墓地就在那里。
在路上,
我们看见运河边的芦苇,
黄了,枯了,迎风舒展。
死去的牲畜,
像装满木屑的麻包,
好半天才在河面上动一下。
我们把刚买来的菊花,
端正地放在胸前。
阳光温暖,
死去的人靠什么来领受这样的日子?
在每一年的这一天,
我们都会想起他临终前奇瘦的身体,
和瞪大的眼睛,
心儿会抽搐,
就像颤栗的扁豆叶。

在通往死者的山间小路上,
落满了让灵魂安宁的枯叶。
我们把墓地清扫干净了,
妈妈站在坟前,
对爸爸说:"你走以后,
没有一天我不在思念你,
你的担子是重的,
我们的担子也是重的。"
儿子显然还没懂得死亡,
在地上生硬地磕了三个头,
随后女儿上去磕了三个头,
亲戚们上去磕了三个头,
退回来,静立在坟前,
怎么想也想不明白,
为什么一个活生生的人会变成一团灰。

在墓地,
有着世上最好的荫凉。
这里有张姓的坟,李姓的坟,
有阿福、阿贵的坟……
好像每一个名字都很熟悉,
每个人都在哪里见过似的。
我们还看到了很多父母,
为十五岁、十二岁、八岁的爱子,
泣立的墓碑。
在山脚下,

有一位老人的墓,
听说每一年的冬至日,
他的旧社会的三个老婆都会结伴来到这里,
如今,也同这老人葬在一起,
有的在左边,有的在右边,
就和当年一样。
还有的墓,
连个名字也没有,
剩了个小土丘,
很快就会成平地。

在冬日温熙的阳光里,
墓地就像一条流逝的河。
那些众多的墓碑,
就像输掉的呆立的骨牌。
死是我们羞于在别人面前提起的一件丑事,
也是我们这些凡人在世上最大的负担。
一阵寒风吹着我们下山,
像死者的手,
在我们的手心里发凉、滑脱,
比寺院里的钟声还要响亮,
而那群山中的高塔,
仿佛也是为了这个而耸立的。

1999

卷五
在山脉与湖泊之间（2000）

薄薄的死叶在忘记

树林里的一阵清风在把她忘记
薄薄的死叶在把她忘记……

在草木的代谢中,
有着劝慰我们遁世的古老律令。

我是暴雨过后清新的空气,
不属于一两个女人。

凋谢呵,你是众多艺术中,
最深奥、最难懂的艺术。

2000

山脚下

在埋葬圣人的山脚下，
民工们戴着露出两只眼睛的灰蓝色帽子，
站在冒白烟的石灰池边，
四周是狼狈不堪的田野。

好些年了，我不愿记录
在埋葬圣人的山脚下，
民工们戴着露出两只眼睛的灰蓝色帽子，
站在冒白烟的石灰池边。

2000

傻孩子

小河边,
一间人家,
用稻草做屋顶,
用泥巴做墙壁。

像下山的太阳,
不再刺人眼目,
仿佛说着:"在荣誉里,
唯有不安和动荡。"

小鸟自在飞翔,
门前的河水啊,
清净、无为,
在脸盆里,在饭锅里。

每到夏日夜晚,
听着稻田里青蛙的喊叫
心里笑着想:
"这些傻孩子啊……"

2000

村民们

进城卖菜的农妇说:
"混呗,
没有班上。"
扛着铁锹的农民说:
"混呗,
混口饭吃。"
在田里摸荸荠的
两个农民说:
"混呗,
消磨消磨时间。"

田埂上的蚕豆花,
仿佛孤寡老人的眼睛,
在它的寂寞里,
是灰斑鸠不紧不慢的哀叹。

2000

母羊和母牛——给庞培

1

有一年,
在山坡上,
我的心融化了,
在我的手掌上,
在我捏碎的一粒粒羊粪里。
那原来是田埂上的青草,
路边的青草。
我听见
自行车后架上
倒挂母羊的叫声,
就像一个小女孩
在喊:
"妈妈、妈妈……"
我的心融化了,
在空气里,
在人世上。

2

小时候,
乡村土墙上晒干的牛粪,
在火塘里燃烧着,
映红了母亲的脸。
我的心融化了,
那原来是田埂上的青草,
路边的青草。
现在我看见天上乌云翻滚,
暴雨倾注,
十头衰老的母牛过江,
犄角被麻绳
拴在车厢上。
它们的眼睛,
恭顺地望着雨水,
就像墙角边发青的土豆。
江水浩瀚、浑浊
冲向船帮,
在它们一动不动的眼前
溅起浪花。
快了,
呵,快到岸了,
那憨厚的十头母牛的眼睛,
那望着江水翻滚的
十头母牛的眼睛会去哪里?

我的心融化了,
在空气里,
在人世上。

2000

薄暮时分的杉树林

那里是一片片安谧的杉树叶,
那是历代游子的心。
那里逝去的一天天都静止了,
那里的安宁来自天上。

一条小径在树荫下伸展,
通向薄暮中的流水。
古代沉睡的智慧从那里苏醒,
死去的亲人,从那里回来。

2000

灰斑鸠

像一根带血的细绳子,
像一个抱着婴孩的穷母亲,
像窗玻璃上的泥点,
这是那片树林里灰斑鸠的啼声。

风大起来,
湖面昏暗、空旷,
我的生命
就要显露出来。

2000

母羊的悲苦

它跪着前蹄,
前颈伸直,
哀叫,再哀叫,
为了缓和疼痛,
它啃吃着青草,
哀叫,再哀叫。

呵,在蓝天下,
在广袤的原野上
是一只母羊分娩的悲苦……

2000

清明节

叔侄俩，一前一后
在油菜花田里走着。
鸟叫声好似心坎里抽出的细丝。
烧纸钱的火太大了，
他们的身体向后移了移。

回去的路上，
他们用铁锹铲掉鞋帮上的湿土。
村里人远远地望着：
"这是谁家的儿子
又回来上坟了。"

2000

旅　程

现在他还在一列火车里，
看着枕木间捡煤炭的脏孩子，
运河上的水泥船，
车窗两边掠过的翠绿。

他想带着这些翠绿，
带着对这些孩子的怜悯，
对运河水的期望，
走向她，把她融化在里面。

他想就这样同她靠在床上，
把灯熄灭，
两手轻轻地放在胸前，
看着月亮洒进光来。

愿欲望不再是他们的拖累，
像个坏孩子，需要他们去照顾。
愿他们不再从这里得到安慰，
就像这一阵没有束缚的清风！

2000

何山桥所见

大桥下,
船工的打水桶,
被流水冲出很远。

一辆满载废铁的大卡车
驶上桥来。
两个快要被颠下去的农民工,
趴在那堆废铁上。
又一辆卡车驶来,
车厢里的铁钩子上,
挂满剖成两半的猪。
当卡车驶上大桥的顶端,
它们左右摇晃着。

一只鸟快速掠过,
"哇!哇!"
声音急促,
在天上
勾画着
何山桥下京杭大运河的灰暗奔流。

2000

赵开聪

他的脚指甲,
又尖又黄,
像墙角边
枯萎的槐树花。

他的肚子,
肿得很大,
像食堂里
翻扣的大铁锅。

不少人哭了,
为又尖又黄的脚指甲,
为肿得很大的肚子,
不少人哭了。

几只苍蝇,
幽灵一样,
歇在老人的眼皮上,
赶跑了又飞回来。

2000

送　别

记忆里的有些事情要经过很久才能讲述出来……
现在可以讲一讲那个阴雨天里的一座老桥了
可以讲一讲那个在桥上卖栀子花的老妇人
讲一讲我在那座桥上
听见的师范学校的女生们合唱的《送别》
那歌声同屋檐下的雨丝
同那座老桥
同那个卖栀子花的老妇人是多么相称啊！

2000

致无名小女孩的一双眼睛

至今我还记得在城市车灯的照耀下,
那个小女孩无畏、天真的眼睛。
我慌乱的心需要停留在那里,
我整个的生活都需要那双眼睛的抚慰、引导。

2000

早春站台

乘客们一窝蜂挤向车门,
列车员大声喊:"好好走!好好走!
摔倒了我不负责。"
他转过身,
吐一口痰,
小声嘀咕一句:
"再挤,不也是像拖猪一样。"
火车咣当咣当地走开了,
冒着粗重的白烟。

2000

水　边

乞丐扔掉两只不一样的袜子,
在河边洗了脚,换上别人给的两只一样的袜子。
太阳下山了,
石凳静悄悄的。
"来几年了?"
"头一年。"
在河边两个恋爱的人心中,
是几棵杉树在水面上美丽的倒影。

2000

致山冈上一只孤寂的蝙蝠

狗叫声隐隐约约,
如点点泪滴。

山下
是胡乱盖起来的房子。

一只蝙蝠在飞,在山冈上飞,
快速、茫然。

薄暮中,
一条山路犹如枷锁一样锃亮!

2000

1987年记忆

每天,当她梳头时,
总能看见山冈上的墓碑,
可是她愉快地想着:
反正枯草会变成绿草。

我记得江风吹到我脸上的
她的发丝,那天晚上
由于害怕江水的广大,
反而是我依偎在她的怀中。

2000

青春时代

青春时代我觉得你是神圣的,
你仿佛是我所有的前途。
整夜,我都在你的窗下徘徊,
仿佛我人生所有的希望都在你那里。

后来我才知道,你的房间也有一张床,
你也有床架,有床单,有棉絮,
你房间的地面也是水泥做的,
你的心和我的心一样,也蒙着痛苦的灰尘。

2000

1960年记事

一张芦席是奶奶的最后一件衣服，
一条小渔船是奶奶的棺材。
那是1960年，
奶奶偷了两斤黄豆。
那些命令我奶奶跪螺蛳壳的人，
大部分都死了。
活着的
也老了。
有的在开小店，
有的在打瞌睡，
有的在放鸭子。

2000

蔷薇花

刚才,在河堤上,
我还看见大片的野豌豆花,
在这儿,在那儿。
现在,天黑了,
田野上那些农舍的灯亮了。
我要默记野豌豆花,
默记田野上的灯火。
在经过这么多的变故以后,
没有什么不是我的乳汁,
而我的软弱使我养成了,
什么都算了的心情。
我长久地望着窗外,
那些简单的蔷薇花,
就能带给我喜悦,
什么都忘了。
我的沉默是我的国家的底色,
但是,我要永记蔷薇花。

2000

街头卖艺的瞎眼小男孩

我看着他琴弦上抖动的左手啊
我看着他拉弓的右手啊

我听着他拉的流浪人啊
我听着他拉的太阳爬上坡啊

我看着他胸前的黄书包啊
我看着他油漆桶里的一毛钱啊

我想着他躲得远远的妈妈啊
我问着他不在人世的爸爸啊

2000

悼朱惠芬

刚出炉的骨灰,
在地上凉着:
"忘掉吧,你的痛苦和欢乐
再没有依靠,请忘掉吧。"
你的身体在火焰中燃烧,
使火焰升高,增亮。
你曾经怕它热,怕它冷,
怕它长得不高,不美,
如今你在疾病中死去,
在火焰中变成灰烬,
我爱过的人就是这个吗?
跟我说过话的,走过路的就是这个吗?
在那一小簸箕的骨灰中,
你的会讲话的眼睛,
我曾经迷恋;
你的柔软的身体,
我曾经拥抱。
我的爱经不起你的衰老,
经不起你死亡的摧残,
更经不起你一刹那就在火焰中消失。
你的骨灰里还有很多黄点和黑点,

那是我们过去在一起时，
做的傻事的结晶。
那些爱的恐惧，
吐露心声的战栗，
曾经像火焰一样的欲望，
烧得我们又瘫软又昏沉。
你美丽的秀发，
依靠的就是这个头盖骨吗？
你凄美、柔顺，一脸的善意，
仿佛永远也不会老，
不会生病，不会死。
现在你在等待一个木盒子，
比鸟巢大一点，
但它所去的地方，
没有鸟巢那么明亮。
你还在等着一块红布，
塑料做的小花圈。
当爆竹响完之后，
我们的心里会出现一个声音：
"遗忘的时候又到了。"
现在落叶在我们脚下沙沙作响，
树木静悄悄的，
河水静悄悄的，
就像那些骨灰在对我们述说。

2000

山　坡

山坡上，是祖先的墓地，
山坡下，是播种的农田。
年轻时，我们有很深的爱欲，
现在呢，陷入对爱欲的怀疑。
山坡上，坟墓逐年增加，
山坡下，秧苗随风起伏。

2000

大　院

一根生锈的铁丝悬在两棵杉树间，
过去的豪言壮语变成门前的破藤椅。

但愿我就是墙角的鸭舌草，
但愿我再也没有铿锵之声。

一块牛骨头在那里融化，
水肿的眼睛在那里融化。

远方，一座老桥在融化，
一条攀向山巅的小径，在融化……

2000

清　风

如果我是清风，
我就在寺院的废墟上吹过。
如果我是细雨，
我就在孔庙破碎的瓦片上落下。

救救我，
观音和地藏。
救救我，
孔子和孟子。

我就是扔在路边的狗骨头，
我就是被赶下山的僧侣，
我就是桥上的老乞丐。
我就是脏水边的百姓。

救救我，
大江水和小河水。
救救我，
老柳树和老榆树。

我愿做男供养人，女供养人，
我愿做他们嘴中忏悔的文字，

如果我是攀向山顶的石阶,
我就带着人们上去。

救救我,
万年桥和广济桥,
救救我,
大成殿和广济寺。

如果我是清风,
我就在寺院的废墟上吹过。
如果我是细雨,
我就在孔庙破碎的瓦片上落下。

2000

雨

在狗毛、狗鼻子、狗眼睛里
在吆喝收垃圾的
拨浪鼓上
雨，洒下来了

在江水里
在校园里

雨，就像一个穷人
来到世上，
和屋顶上的另一个穷人
瓦棱重逢

在窗前，
雨是我的软弱，
雨，是伏在我肩上
哭泣的女人

多少年了，茫然哽在了咽喉，
我们连表达自己的感情都不会了。

2000

门　前

我凝视着门前的墓地，
我在思索，为什么要把墓地建在门前呢？
很久了，
不管人世的什么声音，
在我这把破琴上，
碰出的都是叹息的声音。
不过这叹息
像是用错了心灵，
它影响着我，
去发现梨花
和淤泥间嫩荷叶的美。

门前的老槐树上，
那些知了声嘶力竭地叫着。
过一会，
叫声停下了，
在停顿的间歇里，
觉悟并没有产生，
因为它又继续叫了，
仿佛我们在此停留太久，
哭喊太久的生命，

请来抚慰它吧。
在树林子里,
那很重要的寂静,
带来了多少野花令人惊奇的颜色。

门前的小池塘干了,
七八个泥地上的孩子,
像田野上甩响的皮鞭。
我们依附在一起,
不再依赖着感情,
我们还原了,
没有安宁是我们的罪过,
没有怜悯也是我们的罪过。
那田野上忠厚的老牛,
太像徐徐降临的傍晚。
我凝视着门前的墓地,
我在思索,为什么要把墓地建在门前呢?

2000

爱

很长时间以来,
我就想理解那些狗的叫声。
它们在远方,
在贫困的乡下,
会突然叫起来,
茫然、愤怒,
不要命,
仿佛要将一切咬碎。
它们如此这般地狂叫着,
叫得都呛住了,
又会连成一片,
坚决、干脆,
犹如荒野上
一堆强烈的火焰!
一个人要化解自己的怨恨,
需要多久呵!
一个人变得体谅,
像春风一样,
像灰石砖铺成的
寂静的小路,

又要多久呵！
心呵，
冬天的心呵，
像河边的柳丝，
轻轻地，
和善地，
在岸边，
在水面上，
到底要多久呵……

2000

农田间的小河水

一

在小河的两岸,
是两三棵老柳树。
在老柳树上,
是几只灰斑鸠。

万物永恒的寂静,
通过它们的叫声,
展现出来,
"咕咕","咕咕"。

微风吹来,
油菜花起伏,
一片黄澄澄的笑容
美妙无比。

我还能唱出小河之歌吗?
我还能唱出柳树之歌吗?
我的背景曾经是温馨,
无我,而怜悯的。

二

我喜爱那条农田间的小河水，
我喜爱那条小河上
老柳树明净的倒影。
那倒影不就是人世吗？
那小河水不就是每个人的心吗？
我因为有了这样的认识，
可以满心欢喜地生活，
同每一个人相处，
犹如同小河水相处，
同小河水上老柳树的倒影相处。
在小河堤上，
看着满天的繁星，
含了醒觉的热泪。

那星星的光亮，
传到我的心坎上，
那幽灵一样的油菜花，
也传到我的心坎上，
那牛鼻子上麻绳的颤栗，
也传到我的心坎上，
我们融和在一起，
快乐，平安，
心上犹记不更人事时
痛楚的眉心，

错误的责骂……

三

你将带着小河水的春光而来，
你将带着折断的柳枝而来，
你将带着释迦牟尼的油灯而来，
你将带着历代圣贤的教诲而来，
你将带着轻盈的黄昏而来，
你将带着净化的欢乐而来，
人的一切复杂都将远去。

2000

在山脉与湖泊之间

1

在山脉与湖泊之间,
走完自己的一生。
祖先的墓碑就在山脚下,
堂屋的中央,
什么像也没有了。
后院里的猪,
在树皮上蹭着后背。
一个嘴唇干瘪的老妇人,
坐在锄把上,
磕着山芋上的土。
山芋藤子死光了,
山芋还活在土里。
当锄头切断泥土里的蚯蚓,
泥土会悄悄地埋下它的疼痛。
那曾经宣扬过无为的湖水,
泛着伤心败北的气泡,
生命又苦又短,
仿佛没有开始就要结束,

曾经读过的书，

说过的话，都散去了。

前途，啊，我们需要圣贤的力量，

帮助我们生，

帮助我们死。

好像另一个伟大的母亲，

嗓音绵长，

回归那一眼泉水。

释迦牟尼的脚边，

亮着一盏菜油之灯。

2

死掉的卡车司机穿过大桥，

车厢里的人们根本不知道死掉的卡车司机要把他们带往何方。

巍巍群山

抛下几条空船，在天荒地老里生锈。

河面越来越暗，人世

没有过多久又要诋毁那寂静的生活。

在灰烬里沉睡，

去重温蜉蝣的生涯。

一棵生虫的老柳树倒在河边，

只有几片叶子露在水面上。

夕阳啊，

即使这些石灰池也能将你清晰地映照。

我们已经有了很多暮气沉沉的小孩，
我们还有很多没有安宁的老人。

生锈的缆绳在水里泡着，
除了运石头的农民，运河边空无一人。

我在碑铭前迟疑，
在树下站立。

一个新的梦想，
一场暴风骤雨的经济的狂欢。

某一天痛哭，
为它消散的中心。

运河边的千年银杏树，
伴着暮色中的芦苇把暗示遍洒南方。

我们将会在这棵树下哀悼失散多年的故乡，
将会久久地落泪，

因为我们生来就是为了把小雨洒向干旱
为了在水边散步，在千年的银杏树下欢喜地相聚。

3

我总是回到湖边，
看看湖水，看看桥头上

那些破碎的小石狮，
我的源头尽了吗？

在乡下漠然的草垛上，
在穿着黑棉袄，
跟在老黄牛身后的农夫身上，
我的源头丢了吗？

在老家破败的河塘，
在熏黑的灶台，
和你们磨损的门槛上，
我的源头散了吗？

细细展开，波浪
仿佛纯粹的思想，
更深地回到祖国的过去，
波动不息，映着柔软的柳树。

一个人也就是这些，
万物都是他的回声，
那里的落日圆满，只是一刹！
在我们心里，竟永不沉落……

4

月牙儿呀，
那是我留在世上的心，
癞蛤蟆呀，

那是我留在世上的哀叹、怜悯。

夜深了
良心不安的人,
又想起过去院子里焚烧的书籍,
那些折断的顶梁,
焚毁的寺庙。
夜深了,
浩劫虽然过去了,
而我们还没有活过来,
我们都不知道该怎么办了,
月儿好亮,
月儿本来就是明亮的……

漫步的足音回荡着万物的呼应,
主宰它的旋律是平淡的,饱含着奉献,
不再辜负心灵对我们波动不息的期望,
不仅在远古也在将来月亮的清辉中。

这一站的悲伤,将没有下一站。

远远的山坡,那刻了字的墓碑,
多么严肃,多么虚伪,
耸立着人的不朽的愚蠢愿望,
我移动,像黄昏般庄严,像落日或朝霞看着这一切:

大地作为人世的背景,却是本性中太小的沙尘,
人的欢乐,人的悲伤,多么虚假,那获得,那丧失啊!

我哪儿也不住,它正是——一切的根源,
在山脉与湖泊之间,有着对人的拯救。

1995—2000

卷六
山水的气息统驭着我们（2001）

秧　苗

最美的画面是农民在细雨里插秧，
插好的秧苗就在他们身后摇晃。

我坐的是一列慢车，
跟一列货车相遇。

货车厢的铁锈色像绵绵细雨里透彻的冥思，
1958年父亲放下锄头随它进城。

现在它看着我，
仿佛亡灵。

而我，只好肃穆
哀悼这受难的源头。

2001

进　城

母羊的肚子上有很多泥巴。
它在水边呆得太久了，词汇量少得可怜。

河水肮脏，
在上空，
被风吹得握不住方向的小鸟，词汇量少得可怜。

车厢里，准备去城里做工的农民，他们带的锯子、刨子和斧头，
他们蛇皮袋里的被褥、碗和筷子，词汇量少得可怜。

雨啊
雨啊

要有一种回旋，
在他们的张望里。
要有一种绵延，
在他们的睡梦里。

窗外，疾驶而过的火车，
把他们的眼球带得一动一动的。
当那火车开走了，他们的眼球又停止了转动，词汇量少得可怜。

2001

黄牧师

浑身长满青苔的死猪,
沉睡着,好像一口古钟。

它要把腐烂呈现在这条河上,
不允许我们把它掩埋。

偶尔,一只路过的细鸟站在它身上,
嘴里衔着一枚金黄的楝树果。

教堂里,头发花白的黄牧师
正在讲授耶稣上十字架时讲的那句话:

"他们干了什么,他们自己也不晓得。"
农妇们默默聆听,好像扶在船帮上落水人的手臂。

2001

从江浦县去上海遇见大片的油菜花

过去,
我以为在大上海是见不到老人的。

过去,
我过长江,
以为一船的人都会表情严肃地看着这条
伟大的河流,
但他们都睡着了。
江水重复着,
他们逃避重复的唯一办法就是睡觉。
就像现在,
油菜花重复着,
他们逃避重复的唯一办法还是睡觉。
油菜花太美了,
从江浦县一直蔓延到大上海,
比外滩的银行大厦,
美得多。

过去,
在我们穷人幼稚的想法里,
在大上海,
连人都是不死的。

2001

观　看

记得母亲是揪着我的耳朵离开池塘边的。
那时，
我正在观看一只青蛙，
我从早上开始看它，
一直看到傍晚，
天快要黑了，
它也没有动一下。
母亲说，
它又不动，
你看什么？
她不知道，
我是在看了很久以后，
才看见池塘里的这只青蛙，
我又看了很久，
才知道生命
不止我一个。
我是在看了很久
才发现，
树叶落到它身上，
它动都不动，

苍蝇落到它身上，

它动都不动，

而母亲揪着我的耳朵，

要把我拖回家。

长大以后

我才知道，

我是在人世这座死去的建筑里

观看一只青蛙的动静，

不动的青蛙曾将我的童年深深吸引。

2001

刘先德之墓

山坡上，
一块水泥墓碑上刻着
"家父刘先德之墓"。
但是家父不在这里。
我们不能成为死亡的阐释者。
虽然形形色色的灾难来了，
不断地来，
但是完整依然在这里，
虽然蝙蝠在山冈上乱飞，
但是我们不能像蝙蝠，
也不能像墓碑，
在这里诉说：
"我就是死亡，请不要向我靠近。"
因为完整依然在这里，
因为雨洒下来了，
向我们传达着
完整依然在这里的口信。
墓碑上湿润如许。

2001

目的地

四个人
用两根毛竹
抬着一个病人
在过一座大堤

四个人
用两根毛竹抬着一个病人
在过一座大桥,
桥下,就是滚滚长江

四个人用两根毛竹
抬着一个病人
病人盖着厚棉被
只露出乱头发

四个人过了大桥
来到我们城里
寻找一位医生
一位救命的医生

四个人肩上的毛竹
吱吱作响

四个人的脚步
刚劲有力

四个人的脚丫里
都有泥巴
四个人
擦着汗，敞着胸

只要还有一口气
只要还有一口气
他们就要抬
一定要抬到目的地

2001

杉树林

1

两个人深一脚、浅一脚地在油菜地里走着,
悠悠然谈起一位同学的死。

远远地,
狗叫着,
好像有一个大痛苦,
得不到解决。

村口的猪,
鼻孔上沾着土路的稀泥。

乡下,
刚刚下过一场雨,空气好极了。

2

父亲从那片杉树林回来了,
他抱起娇嫩的女儿,
反复亲着,反复看着,
刚才,他就是用这张嘴屏住呼吸,

用这双眼睛盯住那只灰斑鸠扣动扳机的。
妻子在厨房里收拾斑鸠,
晚上,她会和打死这只斑鸠的男人睡在一起。
刚才,他就是用这副强壮的身体
顶住枪托的。

在那片杉树林里,
还有一大片墓地,
墓地边,
住着几户人家。
一个小孩,
刚喝完奶就挣脱了母亲的怀抱,
他要同墓地上白乎乎的母羊一起玩,
母羊不知道这是人的墓地,
只是觉得这里的草很嫩,很嫩。

乡下,刚刚下过一场细雨,
空气好极了,
孩子,母羊,也美极了。

2001

夜深沉

鸟儿
在田野上乱飞,尖叫。

放猪人
看着出神入化的落日,
泪流不止。

许多年以后,
我看见他在河边的尸体,
好像门前的一捆柴火。

2001

长久以来的担忧

长久以来,
我就想,
我的苍白,
不能被你们知道了,
一旦我的苍白
和孱弱
被你们知道了,
我就完了。
长久以来,
我就活在这样的担忧里。

2001

记　录

在一条路上经过时，
一头正在吃糠的猪
把几粒糠甩到我脸上，
我想记录下这几粒糠，
却做不到。
我想真实地记录，
却做不到。

在山上，
有时，我也会像老牛一样
跪下来，
在我的脚上，
还有那拴我的绳子，
我想记录下这根绳子，
却做不到。

2001

冬　日

1

冬天了，
厕所也变得干净。

蹲在坑上的男子，
双手静置在胸前，就像死掉的青蛙。

一阵风吹过肛门上的毫毛，
风好干净。

我必须确实复归于尘土，才能说我是尘土，
我必须确实腾空而去，才能说我属于飞翔。

2

河水，
同家门口的老夫妇一样消沉，单调。

车轮，
同村庄深处老狗的舌头一样锈重，孤单。

夜色

同石缝里的羊屎一样黝黑，散漫。

野花，
同落日一样艳丽，永不消灭。

2001

山水的气息统驭着我们

1

雨水挥洒,挥洒,
河水嘤嘤啜泣
泥土黯然,神思恍惚,
小路上学生们互相推搡着回家,
书包里装着数学和外语,
数学和外语有什么用啊。
雨水挥洒,挥洒,
河水面容惨白,嘤嘤啜泣

2

梧桐花是死人花。
死人树有四棵,
又高又大,分了很多叉。
死人花的颜色同村子里的瓦很像,
每棵死人树都有四十年了
死人花经风一吹,
就像浪涛一样。
死人树还没有长叶子。
一旦长出叶子,

就像刚发下来的课本。

3

要把你们这些鬼都降伏了，
才能让你们抬着我，
去打另一些鬼。
我的眼睛要比你们这些鬼还可怕，
才能命令你们，不要害人。
我叫喊，
因为你们不顾死活。
在我的周围，波涛就像一团混乱的毛线，
而你们的罪与罚，
则似一条轻盈的扁舟。

4

一阵风将树叶吹起，
另有一阵风将它吹下。
天地间一片肃清，
树叶默默地
委弃于泥，
一双脚又将它
踩进泥泞。
冬天，在完成某种调和，
山水的气息统驭着我们。

2001

所　见

夫妻

老天爷让他们从阜阳来这里谋生，
用捡来的破烂在江边盖了这间破草房。
他们有三个儿子，一个女儿，
一条狗，一头羊，三只母鸡，
房间里的东西也都是捡来的。

一条狗

这条狗，
以前在老家叫得可凶了，
自从来到这里，
看着江水，
再也叫不出声。

江水太大了，
狗的性格变得古怪，
不是睡觉就是发呆，
眼睛怯生生的。

一头羊

羊眼睛在穷房子里太美了,
羊眼睛是穷房子里最大的财富。
只是他们不知道,
找了一根旧绳子,
把它拴在江堤上。

羊只有一头,
没有伴,
羊眼睛在江堤的荒草里太美了。

冬日的江水没有声音,
羊叫声可以传出很远,
一直传到孤独者的心里,
孤独者听到了,
也没有办法。

三只母鸡

小儿子的手摸到了鸡蛋的温度,
又把它贴在姐姐的脸上。
长大以后,
他们还能记得三只鸡蛋带给他们的幸福吗?
三个儿子,一个女儿

有一次,
是个下雪天,

我看见他们四个，
同一条狗
一头羊
三只母鸡，
呆在破房子里，
雨下得太大了，
我感觉到他们
好像同一条狗
一头羊
三只母鸡
紧紧地抱在一起。

老天爷

老天爷近来在发火，
天天下暴雨，
江水涨得太快，
几天就蹿上来了。
我们不敬天也快要几十年了。

2001

十个老人

第一个

一位年老的男人,
他疲惫地抬起头来,
不是为了看天上的星星,
只为缓和脖颈的酸痛。
至于身边的河水,
他只知道用粪瓢
把它泼向菜地。
小河边的土地神,
落满了灰尘。

第二个

一位年老的妇人,
像冬日薄暮里的小径,
虽然老了,
但她所属的那种家庭痕迹,
仍然显露在她聪颖、清秀的脸上。
她轻轻地走来,
没有什么声音,

在她的身后,
是家乡破败的屋顶。

三个女信徒

她们走在田埂上,
用伞顶着风。
她们是一个家族的,
同在一个村子。
一个叫王彩云,
一个叫王彩霞,
一个叫王彩琴。
她们的衣服都很破旧,
这是去教堂。
昨晚这里下了一场雨
田埂上打滑。
她们都是很老的妇人,
一个有点瘸,
一个眼睛瞎了
一个看不出有问题,但肯定有毛病。
她们用伞顶着风,
脚陷在泥泞里。
伞面上的风越大,
神的形象就越鲜明。
但是她们的伞快要顶不住了,
她们就在田埂上慢慢挨。

第六个

"只要我们看见父亲的黑影从桥上回来了,
我们就赶紧通知母亲快把碗柜里的食品藏好。
他的大嗓门最可恶了,
我们胆战心惊躲在被窝里听着他对母亲咆哮。"

"我们在心里盼望他死。
有一次,他偷了河中央的山芋,
我们看见他被公社的拖拉机拖得鲜血淋漓,
也不觉得心疼。"

"他说:'我才不信有鬼',
但他死的时候,为何眼睛瞪得那么大?
父亲的一生让我生起一个疑问:
这里为何难得有生命?"

第七个

江水拍打着迎江寺的废址,
老艄公指着一角空洞的蓝天:
"过去,这里就是寺院的正门
里面是大雄宝殿,正对着长江。"

"九岁时,我曾在这里玩耍
四十岁时,我目睹了它的倒塌。
现在,只剩下一座塔和这些青条石阶,
冬天没有鱼,我们在这里,摆渡客人。"

"我熟悉这一带江面,
你看,那里是桂花桥,那里是牛角湾,羊八塘,
除了老人,没有谁知道它们的起源。
许多和尚只有还俗回家。"

江水拍打着迎江寺的尸体,
乞丐用江水洗过碗以后,又洗洗他的讨饭棍,
所谓尸体只是过去寺院屋顶的瓦片,
以及供奉在菩萨面前的青花瓷器。

第八个

一位乞讨的老太太,
就像白茫茫的冬天,
对着经过的每个人跪下,
再跪下,伸出青筋暴跳的手。

儿子们软弱,媳妇们好凶。

一位乞讨的老太太,
就像白茫茫的冬天,
对着经过的每个人跪下,
再跪下,伸出青筋暴跳的手……

第九个

许多年以来
我连与人共处也没有学会,

罪过使我讲不出话，
使我不会讲话。
好像我的脊柱断了，
好像这就是总起雾，
总下雨，
总灰蒙蒙的原因。
我的脑子里还在模模糊糊地想念一个
不知道叫什么名字的女人，
我今年已经六十八岁了，
我还把自己当做一个有名有姓的男人，
我还不是清风，
只是吹过，
一个劲地吹过。

第十个

下雪了，桥下的运河真清净，
他捧着几根借来的柴火回家。
三天前，门口的腊梅开了，
没有叶子，只有花。
木门"吱呀"一声推开，
老母坐在床上，
好像一个桃花源。

2001

卷七
跪着的母子（2002）

芦　苇

过了许多年之后,我才发现
芦苇是天生的哀悼者——
每一杆也是一位慈母
安慰着我们心里的死者
至善至柔,同河堤上的柳树,
乃是时光中的精华。

2002

陌生人家墙上的喇叭花

我心里有什么倒塌了。
而它们在墙上,
那么柔弱,有一种不为人知的挽救。
清寒之家,
庭院冷落。
谁也不知道我从这里汲取了什么神奇的力量。

2002

稻　草

人啊，你将这些泥土的儿子
烧成了骨灰

你无法否认天地间永远循环着
用完之后又被弃绝的忧伤

一阵风吹得这些骨灰就像旋涡一样
却没有声音

泥土怀抱自己儿子的骨灰
在苍天下软弱绵延

2002

老柳树

归来的女儿看见父母的背驼得跟家乡的河流
平行,她在心里喊:
"谁来救我爸爸?谁来救我妈妈?
谁来救我的父老乡亲?"

"你啊,老柳树,你要来救他们,你要将他们的柔韧
救出来,你要毫不留情地动摇他们的软弱、压抑。"
石灰坑边站着四个戴着白口罩默不作声的村民,
坑上的布谷鸟越飞越远,越飞越远,要救走他们。

2002

尧 啊

从前，
耕完地，
我就在家门口的小河里
洗犁。

犁铧被大地磨快了
割破了我的手，
而河水迅速融化了我的血，
也把我的犁洗好了。

我的长处很快变成了短处，
我的生处很快变成绝处。
我要拼死找到我的源泉，
而不是你所降下的灾殃。

尧啊

播种时，你开第一犁
收获时，你割第一镰

2002

荒草不会忘记

人不祭祀了,
荒草仍在那里祭祀。
大片大片的荒草,
在一簇簇野菊花脚下牺牲了。
你总不能阻止荒草祭祀吧,
你也无法中断它同苍天
同这些野菊花之间由来已久的默契,
为了说出这种默契,
荒草牺牲了,
人所不能做到的忠诚,
由这些荒草来做。
荒草的苍古之音从未消失……

2002

在被毁得一无所有中重见泥土

今天傍晚我又去看了那些泥土——

它就是那样简单的一长溜,
在许多杂草中间,什么也没有种。

它的打动,没有声音,
它的智慧,没有语言。
谁都会抛弃我们,它不会。

几根艾草在其中晃动,
好像一种悲恸萦绕在心头。

2002

孤寒、贫瘠

这样孤寒、贫瘠的画面是否是暂时的呢?
一个穿黑棉袄的老妇人在田里弯着腰,
一条大黑狗在她晾晒的破棉絮下大喊大叫。
我只是看见她的孤寒没有看见她的灵魂。

我只是听见她家黑狗的叫声,
而没有看见这条黑狗的灵魂。
我只是记录了它的叫声,
而没有记录它的灵魂。

我的祖先发明语言不是为了鞭挞,
而我偏偏用它来鞭挞。
白天,我虽有眼睛,但等于瞎子,
夜里,当我睡去,祖先在我梦里啜泣。

用他们为我们建造
而我们将它废弃的文庙,
用他们为我们栽种
而我们不再仰望的古柏。

这样孤寒、贫瘠的画面是否是暂时的呢?
一个穿黑棉袄的老妇人在田里弯着腰,
一条大黑狗在她晾晒的破棉絮下大喊大叫。
我只是看见她的贫瘠没有看见她的灵魂。

2002

母　亲

母亲保留了她当年扛煤炭时穿过的一双球鞋，
上面共有二十一个补丁，
干干净净（难以想象的干净）
呆在鞋柜里。
母亲好像从来没有年轻漂亮过，
她是如何从割麦子的女孩变成在长江边砸矿石，
在解放牌卡车上运水泥的妇女？
她一生做过十三种临时工，
为什么离开泥土一切都变成临时的？
她做梦都想变成正式工，
但一生也没有做成。
我想起成群结队在长江边砸矿石的妇女，
其中就有我的母亲
用那种蓝色的帆布做的帽子，裹着头发。
刚刚来临的工业把她们圈在混浊的
长江之边。
她们大都是从乡村，
同她们的男人一起来的。
我记得父母亲好像从来没有快乐过，
我们兄弟三个也没有，

为什么没有快乐也会遗传?
我保留了两张照片,
一张是我们全家的,
一样的呆滞、迷惘。
一张是我曾祖的,
表情肃穆、恭敬,只能来自于君主时代。
我凝视着这张照片,
久久不忍放手。
窗外的雨水再大
也引不起我的注意,
免得稍一走神,
又被卷入你的河流之中。

2002

奶　妈

母亲回忆起五十年代她在芜湖做奶妈的事情，
她说，在赭山
当她登上振风塔，看见
整个城市如同一片荷叶浮在水面。

她因第一个女儿不幸夭折，
被城里的一位母亲请去做奶妈。
孩子两年后断奶，
母亲回到老家。

两天后，这位城里的母亲
带着儿子火速赶到我母亲那里，
大哭不止的孩子紧紧搂住我母亲的脖子，
他紧紧搂住的小手引起母亲内心长久的悸动。

现在，她已是七十多岁的老人了，
这悸动一直在她心里，
她讲给我听，却并不知道
这是一切优秀文学的源头。

2002

跪着的母子

满园的落叶上有一层光，
照着她去院子的佛堂里。
她老病交加，
颤巍巍跪下。
满园落叶的光，
照在她跪着的身影上。
母亲，我要跟你一同老去，
我要跟你一同跪在观世音的莲花座下。

2002

兄弟俩

弟弟想把房子四周的枯草烧掉,
枯草太多、太深了,
根本没有办法生活,
他点着了枯草,
却没有想到,
枯草的火这样大,
根本没有办法出去。
弟弟被烧死了,
弟弟死后,
他们不允许把他埋葬,
哥哥只好背着烧死的弟弟。
在这片土地上,
寻找着,
可以把弟弟埋葬的泥土。

弟弟的亡魂
贴着哥哥的耳朵说:
如果我还能活下来,
一定不再去烧枯草,
一定不去做救火队员,
(如果我是诗人

一定不写作）
一定不长大，
永远是九岁，
在家乡的小火车站，
送你去上大学，
一定在火车后面奔跑，
一定要让你看到我，
看到我对你挥着手。

2002

在东梁山远眺

从一棵老梧桐树下飘来一阵炖草药的香味，
我知道，这是我的祖国。
夜里将会有人把药罐摔碎在路中央，
我知道，我的祖国将会从药罐里流出。

跪着，
在这里跪着。
把胸膛里动荡的心，
跪成石像。

在炸出一个大口子的群山脚下，
有一截老柳树，就像龙的尸体。
在龙尸体周围是烧糊的青草。

山上没有这些，
山上的空白太多了，
我尚未到达空白的境界。

2002

深　思

去年冬天，我为一个老太太送葬，
在摆放她的骨灰时看到另一个骨灰盒上的一张照片。
"1980年生，1997年卒"。
眉清目秀，一双眼睛，宛如秋水。

我不明白这双我只见过一次的眼睛，
为什么老是在我心里亮着。
她已是亡者，亡者在哪里呢？
自古以来我就在这一片暗哑的田野上深思。

2002

夕 光

小时候,我在大堤上奔跑的时候见过江水上
渐渐西沉的落日,
长大后我才知葬身于它
又有何妨,
葬身,这大概就是我幸福的源头了。

当然,灵魂也可以细腻地存在,
比如墙头上枯草丛中的一只古瓮,
灵魂靠瓮盖上的一眼小孔,
靠暮晚时分的一缕夕光,
存活下来。

2002

多年以后

那是在很久以前了,
我在离开寺院的路上同你相识,
我的灵魂就此喑哑,
再没有开口说过话。

很多年以后,
我才知道你是没有归宿的,
所以你根本就不是我的归宿,
这时我已临近中年了。

我面对的不再是你,
而是我的祖先。
祖先说:到处都是码头,
我却看不见。

日子飞逝了,
审判者临近了,
审判者不是别人,
乃是我日渐鲜明的良知。

我多么希望匍匐,
而不是站立。

我多么希望停下,
而不是奔跑。

就在这里,
在长江边,
我折断一根松枝,
随后融入那折断的声音。

我看见暮色里站满了列祖列宗,
我惭愧地站在大堤上,
双手空空,
早已丧失了继承的能力。

2002

册页四帧

1

我是一名书生,
我的笔被夺走了。

2

我仰起脖子吃槐树叶,
我的犄角有五百多年了,
上面挂着一朵年轻的花。

3

我嘴里咬着一柄剑。
我踏住他的后背,
又紧抓他的头发,
这个离开了长河,这个千年难遇的罪人。

4

我跪在一座大山的阴影里哀悼一柄锄头的死亡,
我女鬼一样的头发拖到脚后跟。

2002

泉　源

你说这本书没有用了，
那就把它埋了
我虽是一滴露水，
却无回天之力。
我的枯干像有灵性。
我没有力度，
也没有萎缩。
就像一根线条，
一根鸟眼睛一样的线条，
一根古代的袖子一样的线条。
年年，
当桃花开了的时候，
不要让我想起，
它下面
一本浸着墨香味的《礼记》。
我离开了泉源，
因而临近了患难。

2002

过　江

十五年前
我的父亲去世了
我就是一个没有父亲的人
四十年前
弘圣寺被砸了
我就是一个没有寺庙的人
在更远的过去
我没了土地
我就是一个没有土地的人
不记得什么时候了
无论在哪里
我好像都是抱着父亲的遗体
在看
窗外
山上皑皑的白雪
在看
不息的江水
在看喑哑的犁沟
我好像是抱着他的遗体
端起饭碗
或抓起笔来
我好像是抱着他的遗体

在床上躺下
但从来没有睡着
我好像是抱着他的遗体从未放下
因为他从未安息
我只好将他抱在怀里
有一天
我也会抱着母亲的遗体
过江
过江
过江
而父亲的申诉将会通过母亲的遗体
在苍天下
有力地表达出来
它将会像江水一样浩浩荡荡
直奔下游
它将会有一个强大的体魄
挡都挡不住
而我母亲的遗体
不会让我做些别的
只会让我
连夜去扑打一座寺庙的大门
从此
从此
从此会怎样
由江水去叙述……

2002

卷八
觅祖的道路艰难重重（2003）

河 边

听说他烧过一座庙,
他是如何走到今天的?

下午,一只麻雀落在一棵孤零零的树上,
我被这麻雀,
被这孤零零的树
完全感动了。

2003

开善桥

江水上的夕阳开始烧他了,
田野上沉沉的暮色就是他的骨灰。
母亲,这就是你的儿子
同你告别的方式。

你看,夜晚来了,
这正是他烧净的时候,
却留下这座桥,
怎么也烧不化……

2003

老祠堂

人们在老祠堂边煮着一个大牛头,
老祠堂里只剩下一棵银杏树了。

大牛头笑着,
在火上笑着。

因为它的血沿着家乡的小河,
流向长江,化作了江水。

你们相吻的嘴唇啊,
好像屋顶上的炊烟……

2003

古祠堂

夜晚在深秋时来得最快,
环绕这里的是如此伟大的苍白。
一缕早晨的苍老之光从天井崩泄。
我是这祠堂的石缝里一只娇艳的青蛙。
诚源楼倒下的样子令我恍恍惚惚,
又肃然起敬。
你们不能救我,
为何要害我?
我遍体鳞伤,
有一些肠子还留在石碑上。
我要把它拖进草丛里。
但我费了很大力气,
还是留在石碑上。
我残缺的眼睛看着从这里逃出的人流,
我拼命护住我的心,
生怕被这些妖魔鬼怪所玷污。
我在哪一年毁灭我已不记得。
我早已灰飞烟灭,
我灰飞烟灭了才能将你看清。

2003

尊德堂

很多年前,
我就在祭祀的路上。
我不是迷失了,
而是被驱赶了。
礼器失落了大半,
尊德堂没了,
那儿的松树过于苍老。
我用尽所有力气,
你还是亡了。
一路上浓重的牺牲的气味压得我喘不过气,
我看见桥洞下一缕余晖如同受难者的嘴唇,
我爱这余晖,爱这缠绵悱恻的荒草。
我在新事物里
奄奄一息。
而我沦落的眼神里
依然有一种孤而直的古柏风度,
我被迫
放弃永生,
只有我这样的忠贞
才敢于倒在这样荒寒的乡野,

只有我这样威武的狮子才敢于倒在这样寂然无声的水面。
我流着，
永不停息。

2003

古 寺

秋天的时候
我好像特别容易迷失在古寺里，
无名无姓，无父无母，
我好像特别容易虔诚，
特别容易理解不死是什么。
秋天是一位细心的滋润者，
我好像迷失在它的古树群中。
我内心的主人希望我今生将它找到，
进入不死者的行列，
我大为感慨，
俯下身来，不胜悲怆。

2003

万年桥

陈大妈要死了,
她让我明早去给她放一条红鲤鱼,
我捧着红鲤鱼去寻找万年桥下的河,
发现整座桥在大雾之中,
我在其中迷失了方向,
我找不到河放掉这条红鲤鱼,
它在大雾中我的手掌上迷迷蒙蒙,
不再动弹。
陈大妈很美,
她的美,
完全来自善良。
三天后她去世,
我的嘴唇因此变成了神秘的草木灰,
从此无言。

2003

青　山

山脚下池塘里的荷叶，
只有一点点干燥的声音了。
十几天的雪，
也没有遮住一片枯荷。

雪无边无际，
它比雪更无边。
它虽会变成一团烈火，
但这火不是它点燃的。

大片的云飞来，
一罐药
因灰暗而愈显湿润。

它在山顶打碎了，
寒冷而孤单。
一条小路静悄悄向上。

2003

长　河

夕光在母羊肚子下渐渐暗淡的时候，
一个人会骑着自行车来到这条长河边，
带走几只正在咀嚼荒草的羊，
守羊人总是在这时听见内心的哀告之声，
却依旧拢着袖口，同这人寒暄，他抓不住那声音。

长河边有一个儿子带着他的老母和孩子，
很多年前他就凝视着这条长河上的萧瑟，
如今这萧瑟快变成一盏灯了，
无论走到哪里，
它都在眼前闪烁。
他从两岸如梦如烟的荒草上看出祖先
为何要将房子盖成清心寡欲的样子，
所以他的房子，只是一间水边的茅屋，
这是他表达虔诚，表达过客身份的经典形象
他不能盖一间大房子，
来否定自己的过客身份。
另外，泥土是他的哺育者，
他的房子绝不能盖得比泥土还美，
只能用泥土的女儿稻草做屋顶，
用女儿稻草和泥土父亲混在一起做墙壁。

他不能否认泥土。
天色渐深了,
泥土的寒伧更浓了,
黯然神伤的泥土有一股神奇的力量。

长河边还有一头老牛,
他在这老牛的身边为父亲烧纸,
熊熊火焰瞬间在牛眼里熄灭,
牛眼又恢复了先前的哑默。
灰烬,在这条小路上好像夕阳苍老的儿子,
多少年了,这条小路因避让形成一条美丽的曲线,与长河同行。
一阵风神秘地将这些灰烬吹遍了山河。

这时,荒草在长河边起伏,
孩子哀哀哭叫,
祖母慌忙掏出自己的乳房,
为孙儿止哭。孩子的母亲在哪儿?他又在何方?
他早已离开了这里,
因为守羊人听不见内心的哀告之声
因为一阵神秘的风将那些灰烬吹遍了山河
因为群山之上
一轮落日,最后下沉时,红彤彤一片,
如同先祖的遗训。

这些遗训早已变成一只鸟的叫声,
在深夜里,
在这条长河的上空,

这叫声要过很久才有一次，
有时完全是空白，
朦朦胧胧，
如同霜天。
不知是谁的安排，
他必须在这条长河边，
将它听懂，
永远守护……

2003

除夕夜

窗外一片树叶落下，
这是最后一片桐树叶了，
这也是一滴老牛的泪，
这泪飞进我家中，
在一张礼器图上滑落。

爸爸，你去世快七年了，
二哥去世也快十年了，
妈妈比去年老多了，
我没有照顾好她。

爸爸，相信我，
我没有枯竭。

2003

死去的人向窗里怅望

死去的人向窗里怅望,
家,
空无所有。

爸爸,
我被古代墓碑上的文字拖住了。
认不清这些字,
我就回不了家了。

我好像一座荒废的大祠堂,
黑暗,吓人。

而中断不能开始,
悔过不能成为制度。

爸爸向家里怅望……

2003

悼二哥

我好像牛脚印里的枯草,
虔诚地倒伏在那里。
透过它萎黄的色泽,
清清亮亮地看见,
我那早逝的二哥,
在幼年的门槛上,
吐了一口鲜血,
又赶紧坐在血上边,
免得被快要下班的母亲看见。

2003

再悼二哥

你死之后,
田,犁到一半的时候,
牛死了,
犁田人在地里大喊一声,
村里人循声赶来,
把血放干净了,
再开始分。
四十分钟后,
一头牛无影无踪了。
但它犁了一半的地,
还在那里,
在一弯新月下边。

你死之后,
一只喜鹊飞进我们家屋檐。
十一年了,我还没有脱胎换骨,
我还没有把松树种活,
等于还是流离失所,
你回来又有何用?
一片树叶如同你温热的泪打在院子里,
我是愧对你的死了。

你死之后，
一根压弯的枯草站起身来，
用什么也不期待的眼神，
看见万家灯火亮了。
成群结队时它孤身一人，
在河堤上时，
还是孤身一人。

你死之后，
这些，
宛如我在江南的一座老桥上
看见的烟雨。

2003

悼祖母

二叔是祖母的第一座墓穴,
他说:"你奶奶的这些破家具没有用了。"

堂兄是祖母的第二座墓穴,
他说:"这些东西有什么用?赶紧烧掉。"

这意味着,
祖母在1960年饿死以后继续在死去。

死亡是活着的,
在活人的体内。

云一样的祖母,
到处没有她生存的地方。

她给祖宗磕头烧纸时,
你不让她烧。

她在饥饿年代偷了两把黄豆,
你罚她跪在螺蛳壳上。

你还活着,
好像什么也没发生。

你让田埂上走来

两座阴森森的墓穴，

一个是二叔，
这是去田野里放猪，

一个是堂兄，
喝了烈酒，准备去棉花地里干活。

祖母当年死去时，
连树叶都没有为她送葬，

因为树叶被人吃光了。
这使我相信，

祖母在活着的时候，
不得不死亡。

在她死去很多年以后，
继续在儿孙们的心中死亡。

死亡要持续多久，
现在还不知道……

2003

觅祖的道路艰难重重

曾祖兄弟六个都在这里
但谁是谁的骨头
再也分不清

那就捡主要的装进六个瓦罐
在一座大堤上,系上红布
按长幼顺序,写上名字:

杨善政、杨善揖、杨善初
杨善持、杨善武、杨善授

大哥杨善政是同治年间的秀才
这件事要在墓志铭上着重一提
其余的都是农民,从未离开故土

六罐骨头像六罐烈酒
扛在三叔肩上
他要过三座老桥
才能到达目的地

过第一座桥时
三叔双腿发软

过第二座桥时
三叔想起自己还没有后代
他衰朽的身体
很难长久了

过第三座桥时
三叔羞愧难当

这时
三叔已经走进我们青烟一样的村庄

在那里
他的心太暗太深了
你不能触及

你一触及
忽然它就变成一双困惑而湿润的老牛眼

2003

幸存者

人的言辞无法到达
一场秋雨下幸存
但已无法澄清的命运，
如同许多年前的恫吓依然存在。

他们睁着土灰色的动物眼睛
走在道路的一侧，
心里墓穴垒着墓穴，
面孔则是一片孱弱的荒草。

不论阴天和晴天，
他们都像在泥泞中。
他们以亡魂的姿态同亲人相处，
已经几十年了。

人的言辞无法到达
这样苍凉的雨声，
也无法到达
雨水中他们喑哑的面容。

2003

王萧山

我看着来来往往的人，
看了很多年了，
还是没有看懂。
我已变成山脚下的一块石头，
不，我还是当年的那个长工，
怎么也忘不了主人的慈颜。
我只是不明白平时用来挑东西的扁担，
为什么突然之间压在我的脖子上，
而用来盖屋顶和喂牛的稻草，
为什么在我的脚下拼命燃烧
逼我交出主人的藏身之所。
我只能变成荒草。
我所有的教养都在于荒草
那么一点哑默的起伏上。
我在河堤上坚持得太久了，
我已看不懂这些人流。
我又变成一头老牛，
跟几十头老牛一起，
拴在一辆卡车上，被连夜拉走，
看着茫茫夜色，
不知从何说起……

2003

一个小孩子

当我从河边的柳树学不会软弱的时候
我就死了
你并不知道

我是口死井
不通江河
在一个大的母亲怀里

我忘了回去
学不会回去
也无人教我回去

夜夜出现的月亮
如一根仙草
我哽咽落泪也无用

2003

不死者

我有一口井,
但已没有井水,
我有两棵松树,但已死去,
死去,也要栽在门前。

因为我有一个神圣的目的要到达,
我好像依旧生活在古代,
在亘古长存里,举着鞭子,跪在牛车里。

我怀揣一封类似"母亡,速归"的家信,
奔驰在暮色笼罩的小径。
我从未消失,
从未战死沙场。

山水越枯竭,
越是证明
源泉,乃在人的心中。

2003

学拙老人

他谦卑地驮着一捆柴往家走,
从河堤上佝偻着往家走。

他不识一个字,
这是他从家门口的柳树学来的。

他就这样学来了,
也不知道是从柳树学的。

鸟叫声,像他的被窝一样冷,
他如此谦卑地蜷缩在被窝里。

一扇破窗外,柳树
无力地垂落于水面。

2003

敬一师

我扫落叶扫着扫着我就找不到家了，
一根细线一样的鸟叫声带我远去。
偶尔一根枯枝折断就是我了。
我又郁郁葱葱从不示人。

我早知，在河堤上佝偻
抱一捆柴回家给老母烧饭
是最美的事情。
我早知佝偻是人世间最美的动作。

竹子与我有何不同？
老梅枝与我又有何差别？
我波光粼粼，而群山如菩萨一样平躺，
我又枯败不堪从不示人。

2003

古夫妇

她必须将我奉若神灵,
才有幸福可言。

她是向下的,匍匐的,
她必须奉献得一点不留才有幸福可言。

而我早已葬身江水,
绝不为了她。

她深知向河底的水草学习,
水草,是她幸福的指南。

她缄默地看着天上的明月,
她深知敬畏是可以泯灭苦难的。

她的盼望之清纯,
如同春夜。

你看,
她还在那里,无人再向她学习……

2003

李白衣冠冢怀柏桦

江水上的微光悄然来到半山腰的墓茔，
好像乱世里慈母唤小儿的声音，
她因喊得太久快没声音了。
你睡不着，说话也无精打采，
你的桌上只有两盘冷菜，
你有很多年没写一行诗了。

2003

不允许

暮色不知什么时候又来到我的院子,
好像一头衰老的水牛。

你把我变成了沙漠,
还不允许我诉说。

你把我变成了逆子还不允许泥土的苍凉
移入我的眼眶。

我为那些不再有用的圣贤书哭泣,
夕阳飞下来安慰我。

我的生命已经到了冬至日大河边的草纸
被追悼者全部点燃的一刻。

2003

江　水

我们的脚下铺着列祖列宗的墓碑,
上面镌刻着"正德""康熙"的字样,
每到深夜在我们脚下提问:
"在这里,你们做了什么?"

暴徒越墙而入,抢走凉床上的幼女,
飞也似的跑进古坟边施暴。
江水在夕阳里向我呼喊,
好像病危的祖母。

我得到过它的恩宠,
愿意葬身于它的痛楚。
暮色呵,在一个农妇的锄头下颤栗,
因为它太长久地跟随慈爱的声音。

2003

冬至回乡

隆冬的景色催人泪下。
饿死者尚未记下,
身边已多出几个杀气腾腾的青年,
只有十七八岁,
每人身边坐着一个女孩,
女孩都老了,
只有十六七岁。
我站在祖母的坟边长吁短叹,
回头看看倒塌的土地庙。
中午同二叔喝了四两白酒。
二婶在隔壁玩纸牌。
他们不再送我,
我一人踏上回家之路想起七十年代,
每次过年总是最冷的那一天
二叔挑着炒米糖像一股暖流出现在家里,
如同多少年前的遗物了。

2003

青　烟

我跟你生活了几年以后，
你变成了一阵烟。
这里如从前一般，
我像红砖一样闷。

我知生命一定不是死路，
我挑着两担粪如挑着两担苦水。
月亮如芦花无声于天，
我则如芦根无声于地。

我为母亲而活，
她时而是落叶，
时而是流水，
我又孤单无缘，无处捐躯。

杏花开了早已老泪纵横，
苦难太美了无法向你诉说，
我什么都忘了又永难忘怀，
我融入了树林又被你发现。

2003

枯树赋

我没有一片叶子了,
只剩了刺,
这些刺不是我。
你们已经看不出
我是谁了,
我不会从枝繁叶茂沦落为一个简单的反抗者,
我活下来了,
而你早已变成我的反对者。
但你不要指望超过我,
你也不要指望超过我身边的这条大河,
更不要指望超过芦苇,
你甚至不能指望超过一片落叶,
落叶太美了,
没有声音,
你无法做到没有声音。
我最怕进步。
我保留了落后的、滋润的音调。
我枯萎了,
也在你心里盘根错节。
一旦我死去,
你们就滑落。

2003

喑　哑

我活在一个大喑哑里，
那里的稻草生生世世在荒年里，
不管刮来什么风，飞来什么鸟，
喑哑依旧在那里，纹丝不动。

我身上有一座深宅大院被你忘掉了，
我身上有一座老码头被你掩埋了。
我记住了从天而降的雨水在锈迹斑斑的铁丝上落下，
我记住了南瓜花缠绕的一间铁皮屋子。

我活在一个大喑哑里，
我细小的身体里有一双临终的乌亮的眼睛，
也就是稻草窝里最不起眼的土青蛙的眼睛。
我死得早，但是没有关系

因为我的生命跟你们说的时间，
不是一回事。
我的声音的苍古之美被你们的抵抗之声践踏，
我有着难以延续的耻辱和悲痛。

2003

因恪守誓言而形成的旋律

在烧成灰烬的田野上漫步,我感到
古时候中国的大地上一定回荡着
因恪守誓言而形成的贞洁的旋律,
有谁能在这样的暮色里重新找到它?

瑟瑟作响的芦苇好像冤屈的父亲,
荷塘里的三块浮萍是他三个儿子,
瘦瘦高高的杉树林好像一大群村民,
全看着上面的月亮,

越看越像是观音菩萨——
由死去的祖父带领,
三代人跪倒,
在她大慈大悲的光亮里哭成白花花的芦苇。

这些不过是我在这片田野上的幻觉,
这里只有这些孤单单的芦苇,
只有这些芦苇还在恪守着古时候忠贞的旋律
有谁还能将它找回,在我们中间传扬?

2003

妈 妈

我在河堤上很少见到人了,
妈妈,我为你梳头,
但怎么梳,
也梳不好。

我种翠竹,也无济于事,
这里不是鬼,就是畜生来扰乱。
妈妈,安宁比去年更难寻觅了,
这是一场什么样的灾难的后果啊?

我徒然地将你寻找,
妈妈,也许我寻找的只是古代一派纯贞的气息,
我的冤愤早已变为荒草,
虽然暮色日日重复它的牺牲,普通如碗筷。

妈妈,我没有用力,也没有放弃,
就像一匹马对着白茫茫的地面进食,
白茫茫是我的面容,
妈妈,我很少见到人了。

2003

田间小路

小时候,我喜欢在铁轨上走,
铁轨对于我总有一种强烈的吸引力。
过了很久,
大约在我三十岁的时候,
我体内掩埋了很多年的中国人,
开始醒来。
我喜欢在雨天里,
在弄堂的青石板上漫步,
墙头的枯草无限温馨,
一条田间小路向我呼喊,
它通向一片芦苇荡,
那是我祖坟的所在地,
曾祖,祖父,祖母,埋在那里。
大舅,小舅,一个三十二岁,一个八岁,
埋在那里。
父亲埋在那里。
一个逃亡的地主,
深夜里赶回家来,
因为舍不得苦苦挣来的田地,
埋在那里。

死人在那里埋得越多,
芦苇也就越柔顺,
死人埋得越多,
芦苇低垂向落日的曲线,
也就越好看……

2003

你会吗?

一片芦苇的,
或是一只母羊的,
你会留下这样的声音吗?

你会吗?

母亲在巷子里喊着孩子的乳名,
那孩子隐身在一条小船里,
故意不答应。
如果这孩子不答应,
母亲会永远喊下去,
永远喊下去的母亲的声音
触摸着我,比什么都神奇。

你会吗?

在活人那里得不到就在死人那里得到,
在死人那里得不到就在自然那里得到,
在自然那里得不到就在神灵那里得到。

你会吗?

长年累月的墓土上柔和的枯草

使我们的脚步舒缓,
而那些死去多年的人在我们的心里酿蜜,
直到我们彻底放弃了,
才能与他们见面。

你会吗?

秋风啊,你要将我们的心吹得发出古时候的声音。
古时候,时光的流逝靠活人来提醒,
通过寂静,和一只木梆
在一个深夜里传得很深、很远……

你会吗?

2003

落　日

落日在田埂上的一只粪桶里
放出万丈金光。
很快，金光不见了，
田野上又是一片浓郁的苦颜色。
而我因享受了这样神奇的光芒，
不会再有死亡……

2003

寒鸭图

山河、大地,
泉源、溪涧,
草木、丛林,
善人、恶人,

忽然变成水面上的一只寒鸭,
你用石头砸,
它也无家可归,
它本来无家。

2003

读曼殊上人《梦谒母坟图》

我在自己快要变成一片下雪天的树林时想起你，
我把去见你的时间又推迟了。
通向你的道路好似一阵青烟，
我永远在准备去见你。

2003

我曾想

我曾想,
要是我能说出自己的创痛,
我就安静了。

有一次,
一片被割倒的麦子说出了我的创痛。
它们被割倒时有一阵幸福溢出大地,
它们活着的目的就是被割倒,
它们被割倒时溢出的幸福说出了我的创痛。

一缕青烟也曾说出过我的创痛。
它是怎样说的,
我早已忘记。

如同一粒遗失在地里的麦子,
无法找到。

2003

一袋种子

过了好多年,
我才想起挂在水泥墙上的那一袋种子。
水泥墙不是泥土,也没有水,
一袋种子过了十几年,
还是一袋种子。
谁也不知道,
在种子的内部,
一位老奴日夜兼程,
正走在寻找主人的路上。
主人是一位侠肝义胆的忠义之士,
被拦腰砍成两截。
主人不能生还大地,
老奴的忠诚永不枯竭。

2003

故　土

江水混混沌沌，
什么也不想说。
我轻易飞过，不留痕迹，
看见你在母亲的坟头除草，
你的心
（那是我的故土）
已经丢失。
我在天上的叫声，
你不知晓。

2003

古 老

我所有活不长远的念头在一间草屋里消散一空,
那儿的地面由泥巴做成。

柴火烧的大灶上,
煮着一锅白米饭。

两块豆腐在碗底,
烂掉的咸菜盖在上面。

那臭烘烘又香喷喷的咸菜似乎就是古老的中国,
我所有活不长远的念头在这温暖的气味里消散。

2003

神奇的事情

人世间最神奇的事情乃是这些荒寒贫瘠的泥土,
转眼被塑成观世音菩萨的慈颜,
在大殿里被供奉,被朝拜,
在病痛者、困苦者、虔诚者的梦里出现。
昨天,它还是平凡的泥土,
坎坷、灰暗,在耕耘者的脚下……

2003

神秘的恩情

他们没有挖到水,他们在坑边虔诚地睡了。
睡梦中看见一条红鲤鱼翻进坑中,
水源源不断,井做成了。
我有幸生在一个真诚可以感物的国家,
我的泪于是滴在井沿上。
人啊,你一无所有,连井水都是红鲤鱼所赠,
你们都忘了,这故事也无人再讲述。

在这里,我祈求的安宁不过是护佑一位农夫牵着他的
老牛回家的暮色,
我祈求的智慧如同他手中悠然晃荡的牛绳,
我的泪要滴在这根牛绳上,
因为在秋天的时候我总是被一种神秘的恩情环绕,
这恩情世代相传,从未中断,
我生活在一个懂得连井水都是上苍恩赐的国家。

2003

馈　赠

树叶没有经过任何抵抗就落下了,
风,

又把它吹起,
它也是没有任何抵抗地"沙沙"作响。

在它瘦小、干枯的身体上,
爱,似乎比它在树干上的时候还要强烈。

是的,我是不死的,
也一定是这些树叶所赠。

2003

牺　牲

这条小径的肃穆是我的牺牲形成的，我枯萎了
但收获了
这样甘甜的礼物。

我从来没有爱过任何一个女人，
嘴里说爱，心里却反对。
她不如荒草，不如河堤上白茫茫的芦苇。

原谅我，走近你，也是为了离去，
我是古瓮里的一滴露水，古瓮是没有青春的。

2003

古时候

一个人长大成人后
想到的第一件事情,
就是将他的哺育者埋葬,
深深地埋葬,
埋到没有一个人知道,
他曾经有过这样一位哺育者。

在古时候,
就是这样。

一个人的伟大,
乃是对恩情的辨认,
当他完整地认清了恩人的形象
他就长大了,
同他的先人一样,
成为一个庇护者,
寂静,是他主要的智慧。
在古时候,
就是这样。

谁也不知道,
这片由于夕阳变得恢宏而沉寂的泥土会产生

什么样的智慧,
在古时候,就是这样。
杉树因沉浸而稀疏,
江水因沉浸而浩瀚,
年老的母亲因沉浸而美丽、慈悲。
一片树叶
左右摇晃着,向下
在向死的过程中,依然是沉浸的……
是的,甚至在腐朽中我们也不能失去凝神,
腐朽也是灵魂的呈现,
比如冤死多年的人又在迫害他的人的身上出现,
这一定是灵魂的馈赠,
好像捕蛇多年的人长出丑陋奇痒的蛇斑,
也一定是灵魂的恩赐。
腐朽是有灵魂的,
在古时候,就是这样。

透过长窗我瞥见,
成片、成片的桃树林
在茫茫雪地,

茫茫雪地
暂时掩盖了这一片灰暗的泥土,
无论我身在何处,
是醒着,还是睡去,
它神圣的视力,
总能直达我心田。

在古时候，就是这样
我们的欲望早已将心里的慈母
深深地掩埋，许多年了，
我们还没有忠实、顺从于她，
时刻与她同在，
在古时候，就是这样。

一片瓦早已不在屋顶上与苍天同在
而是被搬到地上，
丢在菜园里。
他没有屋顶了，
没有对老天爷的感恩戴德了，
他究竟是在艰涩里成长，
还是在晦暗里死亡，
在古时候，这就是一个疑问。

2003

长　河

一下雨人世就像被踩躏了。
你躺下，你的衣服上没有心里也没有荷花了，
你的窗外没有习礼堂，
你所看见的远山没有招隐寺，
只有一条不再流动的河水，河上全是没有用但是拼命长的猪耳草。
只有一位老父亲无端地痛斥手捧稻草的病老伴。
只有一位头发花白、杂乱，缝着一床破棉絮的穷母亲。

雨，飘飘洒洒，
希望一位慈母
从我们心里走出。
而不是看见我们捧着母亲的骨灰在一个山坡上，
将她埋葬。

雨，
在这条长河上，软弱、缠绵。

我已经不想再同这一段时间发生关系。
树叶在哪里落了，
哪里就有光……
树叶在树上和地上都是安静的，

甚至在飘下来的过程中也是安静的。
树叶在地上也被吹着,在泥泞里也没有参与抵抗。
当这些泥泞在我的脚下快要把我拖倒的时候,
我看见河面上,
一只野天鹅,
贴着猪耳草飞,
飞得如此轻盈,
得感谢这座腐朽之桥,
在阻止我们回归故里时,
它自己首先丧失了故里,
在埋葬我们时,它自己首先被埋葬。我的山高水长的历史啊,
正以自己的凝重,
接受这些树叶悠然的降落。

没有风的时候河面上的死猪一动不动,
死河水也不动,
只有岸边的手扶拖拉机里满满的石灰在晃动。
一个民工在对岸生火,准备烧一锅水煮自己的水泥身体。

雨,白发苍苍,
在这条大河之上,在他们眼前
每到暮色来临,
稻草对我们人世的挽救,
更加深沉也更加急切,
而孤单好似一枚落入泥土依旧完好的纽扣。

菜地里有一座坟墓,

墓边有两个牛脚坑，
坑里的两汪水是我的两滴泪，
泪干后，
里面有两只猫，
猫眼睛里有夕阳，
夕阳在猫眼里，
光彩四射，很吓人，
我对母亲说，
我要走了，
母亲以为我只是一般地走了，
但在我心里，
我要永远地走了。
而淡泊在万物里面流着，缓慢而广大。
冬天，
不是为了调和，
也不会到来……

2003

卷九

荒草（2004—2013）

荒　草

在一口井里，
妈妈轻如蝉翼。

地面上，
没有香火的天
黑沉沉，
掘坟之声四处可闻。

2004

荒　草

小时候，
我骑在箭一样冲出去的猪背上，
然后摔倒在地，
晶莹地笑。
那时候，
荒草已经开始长出。

少年时，
我在长江边捡到一个新鲜的骷髅头，
整整一夜，
没有睡着。
那一晚，
荒草又长出一寸。

此后，
荒草一年甚似一年，
最后抵住我的家门。

2004

荒　草

在破落的乡下河边有一间破落的小庙，
破落的佛像在里面好像空空的鸟窝。
高高的大树已经落完了叶子，
荒草在地面翻滚如同金色的麦浪，
破庙里美丽的佛眼叫我永生难忘。

2004

荒　草

荒草有一种神韵。
一个人在其中，
花很长时间才跪下。
这是他 1957 年死去的父亲的坟。
他静悄悄跪在那里，
闻到了松针味。
从小他就喜欢松针的腐烂味。
他长久地跪着，
不愿起来。
希望自己同这些腐烂的气味
融为一体。
荒草摇晃着，
不言不语。
没有能力说出自己的苦难，
这才是真苦难。

2004

荒　草

一个小孩轻拍着灰尘，
尝试那灰尘是否还有温度，
那灰尘可是千年银杏树烧成的。
小孩看那灰尘的晶莹的眼睛我无法描述。

2004

长江水

汉字我一个也没有救活,
它们空荡荡,
空荡荡浩浩荡荡。

我写下的汉字全是遗物,
如同枯干的老人斑,
如同身首异处的人犯。

我是自己的遗物,
如一粒扣子,
是一件军大衣的遗物。
我告别,
以一双盲人眼,
看着残缺不全的长江水。

2005

你看见我妈妈了吗？

你看见我妈妈了吗？
她长着一副大家闺秀的模样。

她从前殷实富有，现在一贫如洗，
她枯干、冷寂、连绵不绝。

她好像微弱疲惫的煤灰，
又像是明末清初的残迹零墨。

她颤颤巍巍密密麻麻写下的几十万字的家族史在一场火焰里消失，
她是灰烬里残留的字迹，是淡淡的秋意。

她像美丽晨星划过这条滔滔不息柔情万种的江水，
你看见她了吗？

她震惊于自己的大苦大难她亘古不绝，
你见过她吗？

渔民们说，闸口每天有这么多自杀的身体，
我们从没有见过你所描述的这样的母亲。

2008

1940年观普愿寺里一尊塑于唐代的千手观音有感

我是战乱时你们在山坡上看见的野菊花,
我是逃难的人在路途上闻见的茶饭香,
我是逃难的小孩脸上的笑容与泪滴,
我是逃难的人流中挑在扁担上的一张老母亲的遗像。
我是逃难中死去的小孩,死时十一岁,
我死之时即母疯之时。
我是无数张贴在码头上的寻父寻母寻儿寻女的启示。
我是文人瞬间变成战士,
我是那么多的逃难之人走过的五十多天的路程,
我是死去的手指仍在苦苦指认黎明,
我是六千个无母的儿童眼望着秋月,
三四天我们就长大成人了,
我们在家园沦丧后知道家园永不沦丧。
我们破而且坚固,
我们残了但还在。
我们失去了土地庙和城隍庙,
我们失去了岚气、雾气、烟水气,
我们失去了太多,
以至于无穷,
因为我们就是一个无穷无尽的国家。

我们清澈而黑暗，
我们永难忘怀又什么都忘了。
唱经楼退出舞台，
耕读并举也结束了，
蚕农、桑农，连树神也受了惊吓，滑下树来，
劳力者与劳心者都难得其所了，
遍地的荷花忽然间变成了手铐和脚镣。

2010

自我降生之时

自我降生之时,
参天大树即已伐倒,
自我降生之时,
一种丧失了祭祀的悲哀即已来到我们中间。
月亮没了,
星星早已散了,
自我降生之时,
我即写下《离骚》,
即已投河死去。

2012

奇树图

岁月如一头无法调伏的狂暴野兽
来过走过活过的人在一座纸做的桥上都是露水一场

所以

河面上飞着戴孝的白鹭
在称之为你的寒冬里树木美丽

所以

梅兰竹菊四座坟前
跪满了各色人等
数也数不过来

所以

我们在澡盆里洗着刚出生的婴儿
如洗着墓碑

所以

这些鹿一样的犯人在漫天飞雪中不知能否游到对岸
所以

你看着爸爸妈妈如看着墓碑

你看着妻子儿女如看着墓碑
你默然无语也犹如痛哭失声

所以

你被罪过演着
被美演着

一脸死灰地
在针尖上舞着

把头颅别在腰间
别在轻重缓急之间

所以

在那光阴的舞台上
星星也照耀过了
树叶也落下过了
死也能那样妩媚

所以

我是你研的墨
你是我开的花

那已经离去的人还魂来与你相拥
在黑暗里旋转

所以

墓碑啊

墓碑说

在我这里

树

因此成为

奇树

2012

坟

这样美的春夜,
真的不舍得睡去。
我想起小时候捉萤火的事情,
那萤火忽闪忽闪的,
又飞远了。
我想起年轻时参加一个人的葬礼,
大伙儿都围着他,
而他是我小时候没有捉到的萤火,
又飞远了。

2013

坟

鸭儿,
在门前吃浮萍的欢喜。

鹅儿,
在河堤上吃青草的欢喜。

这些都是家门口的欢喜,
而你许诺的都在远方。

我因为对你那远方的幻想而受苦,
幻想啊,

正是苦难之源……
如同对女性。

而落下的叶子都有好颜色,
就在脚边上。

你得向这样的颜色回归,
你得向这样的叶子回归……

2013

坟

你的嗓子是淡淡的,
有月光之影,
如小时候见过的萤火,
不着一尘一埃。

你只是把那菊花在鼻尖闻一闻,
不着一尘一埃。
你的生卒在同一年同一日,
你的荣枯在同一年同一日。

你在那钟里面长叹一声,
因为你很久没有听见它的声音了。
白色啊,在这里彷徨的白色,
天色将晚了,你为什么不承认?

你在月影之下舞着,
忽然间变成一个女性,
你来同那曙色诀别,
同我们诀别。

2013

八九岁

初春的傍晚,
只喝到微微醉时便告收场。
这时,
才重回了八九岁,
跟着茫然的人流,
一个村子一个村子,
看龙灯。
一股怜爱之心因此满溢。

2013

荒　草

凄艳美丽，
全心存活，
在家之门口，
即可望见。

2013

荒　草

妈妈童年的时候，
蚕是圣物，
在我们小时候，
蚕是玩物，
现在很少能再见到它了，
古时候是真的结束了。

2013

荒　草

杂技演员孤零零在舞台中央倒立，
几棵水杉树孤零零立在县大院。
窗台上的墨水孤零零干了，
一只蚯蚓孤零零在土里游着。

孤零零，
如一件紧身衣，
如一根军用皮带。

孤零零，
怎么办？

2013

荒　草

冬天的土壤以那种无声无息的风度吸引我们，
但是谁也不愿意湮没无闻。
河边的柳树就像一位细腻的女思想家。

雨中的小鸟落不到柳叶上才往树干上落，
灰烬在露天里，墓地在露天里，
被那些油菜花衬托得更加幽暗。

我们被呼唤到这里，
不知道这些死亡是什么，
也看不清那些荒草幽暗阴郁的眼睛。

灰烬如此之多，
荒草如此之多，
在哪里安息呢？

2013

荒　草

她十七岁，
那样认真地唱着一首感恩歌，
在这一首走音走调的感恩歌里，
用尽她十七年的力气。

2013

荒　草

每一根玉立的荒草下都有牢房的湿气，
你靠在那晶莹浊重的暮色上，
这空无之物就是你的故土了。

我以我全部的重量跪伏在这里，
我里面的满天星经受了不能想象的折磨难受，
才能怜悯地伏在地上成为不变色的守灵人，

暮色就是我的丧服，
我如惊堂木一般卧在那里，
离灰烬只差一步之遥。

你留在我脖子上的勒痕因为根的存在又有何妨？
黑暗变不成墓碑上的文字，
寂寥也就成了万古之事。

因为我的软弱和沉默，
我没了早晨只有暮色。
我虽然在苍天下也有一种躲进了门后的仓皇。

你在哪里我就在哪里，
在持久的搏斗之中，
你我生死与共。

2013

荒　草

天黑了，
在人世的床铺上一个小孩仍在那透明的蚊帐里酣睡。

被留下的都已经变成了青苔，
在你漫步的公园深处无人能看见。

人是被用来侮辱的，
是草一样的脚下之物。

在一阵米香里天黑了，
心是没有一片叶子但有着橙黄果子的楝树。

2013

荒　草

得放弃了所有去飞行，
得在细弱的飞翔里，
飞成虚无才能有透明。

如此强硬地，
融入雪，
星光灿烂之地。

2013

卷十
一粒种子（2016—2020）

干 枯

人间所有的树木都飞走了,
我正牵着一只小老鼠,
在干枯的河道里遛弯呢。

2016

田 地

过去犁田的地方，
有一个女的，
在那里梳着她的小狗。
一阵晚风吹来，
吹起了狗毛，
她看着那狗毛，
七上八下地飞动，
她好高兴。
那就为这田地，
做一座坟。

2016

有一年

有一年,
在江边,
十几头牛,
好像白色的化石,
在眼前移动。

我再定睛望江水,
江水在移动,
却像无声的幽灵。
唉!
一切都过去了。

2016

青　莲

今天的雨落在宋代的一尊木佛上

是活着但已是荒草，是人但已没有人的高度

排着队的犯人如一支箭射中谁谁就是一条长河

我的坟在那颠倒的黑白里如同在五百罗汉堂

中心消失连最核心的等级也没了，离善太远，离本性那就更远

你是所有力量中最大的力量连神力也只好暂时隐匿因此许多名字在墓碑上出现

什么样的白茫茫都在你的白茫茫里消失

你的坟高过夜空

一棵松树的空白在哪

一个乡间的老妇之美原是山河之美

秋天越浓蟋蟀的声音越好听如同家人的陪伴

你若想美你就得无用

你若想有伟大之力你就得有松静之力

你若想有真的治理你就得回归空

种子都送到了农场

你不在仁爱里你就是自暴自弃

你有排比的激情而无婉转的智慧

人依靠什么样的尺度才能称为人

火还在其实已经熄灭

一口碗的平实还有吗

种子与泥土相隔万里

在那大逆转里弹性岂能失去

有人变成了霜

有黑暗使你成为有眼睛的东西

烟是个千年之物

群山的色泽如同百衲衣

一切你所害怕的都在回归到树心

你永不归来也永在归来

铁锅里的饭只差最后一根柴火

你还可以是夸父吗

如同泪水重返眼眶

如同云鹤重返大地

小时候的凉床真的是太古之凉

妈妈是天青色的

温温润润

在一张古画里

给我摇着扇子

说谎的人是我们的主人公

天地间一片古意

因为溺死的母亲已经归来

你是祠堂粗壮廊柱的信奉者

没有人救你

这才传来了天籁

2016

一根稻草

我只有一根稻草，
得靠它度过长夜，
枕着它，
我不仅得到了温暖，
还出汗了，
这是神迹吗？

2016

短 句

1

一个没有补丁的世界是个什么世界?

2

大树锯掉了,
种上小树。

3

无地再种茭白

4

一个关于种子的展览

5

家里的黑色雨伞,
爸爸用过,妈妈用过,
大哥用过,二哥用过,我用过,

舍不得扔掉。

6

午后一阵晒莴笋的香味,
一路小跑钻进我的肺腑。

7

一个小孩子抓起刚下的鸡蛋在脸上贴几下。

8

一个老奶奶牵着两条狗,
可怜牵着的不是两个孙子。

9

我对连自己的妈妈也没有写过的诗人非常害怕

10

一朵云飘过来了,
十二个月的儿子喊它妈妈,
下雨了,儿子又喊雨为妈妈,
原来这才是精神之核。

11

你从来没有走近过自己,

又如何能相信你描述的他人?

12

过去农户院子里奇美的大树,
现在孤零零地停在马路边,
而那农户也孤零零地坐在新小区门口,
同那院子里的大树永远见不上面了。

13

两条狗相遇时互相寒暄,
两条狗的主人却彼此冷漠。
暮色里再没有喊孩子回家吃饭的声音。

14

在去火化姑妈的路上,
遇到四个杀牛的人,
等我们火化完姑妈,
这头牛只剩下骨架。

15

汉语的亲和在哪里?

16

汉语的核心是慈悲与智慧,汉语才是无穷的。

17

汉语由里而外地散发着善,这是汉语的本意。

18

诗如何在?
一个城市东西南北四个方向的郊区都被消失了,
诗如何在?

19

诗的尽头不是语言。

20

为什么你的发音总是第四声?

21

汉语的密径是平等吗?

22

我对一粒麦子跪下来。

23

什么季节长什么东西,你还记得吗?

24

各村,各乡,各县,各市,文脉皆断,
慈悲与智慧如何传送?

25

种田会赔本,
农民才消失。

26

有一种草药的名字叫青木香,
看见它我就想起我
芳香,多病,苍白的童年。

27

放心吧,
我贫瘠如沙,
可你还是不放心。

28

衰老,是从脖颈和膝盖开始的。

29

在这里,最热闹的葬礼最凄凉,

因为没有人知道死亡的意义。
在这里,最有意义的人死了最无意义,
因为没有人知道何谓意义。

30

三岁小儿的善恶管理着我们。

31

一百句诗里句句都有我,
可他最不了解的就是我。

32

夕阳用最后的一点力气晒着萝卜干,
得把它晒干了,
才有好味道。

33

松树种到哪里哪里就是苍老之地。

34

有一个霜的国度,
我小时就爱在那里玩,
那里有许多红色的砖头。

35

红色的砖头压在一张白纸上,
已经很多年了,
白纸上什么也没有出现。

36

先是叶子红了,
然后落尽,剩下纤细虬状的枝条,
上有骷髅色的白果,
这就是我的诗。

37

我的故事也是骷髅白的。

38

我想去拉你,
可我看不见你的手。

39

你是乡下来的,
可你的脸上是外太空的表情。

40

很久不下跪了,
不会下跪就不会有平等吗?

41

一座塔的建造需要漫长的时间,
崩塌只在刹那。

42

最关键的一句就要写出来了,
又让它溜走了。

43

天下之变从一粒米开始,
我小时的米饭香没有了。

44

每一户人家的咸菜都有自己的鲜味。

45

不如直接变成细雨。

46

要写震耳欲聋的诗,
也要写静悄悄的诗。

47

也许根本没有必要去写什么,
只要去读那些圣贤书就好了。
善恶的观念太重了,我们的作品
喘息着,无力爬到目的地。

48

一个女人在河堤上发了疯,
一个男人在后边追。

49

白胡子老人打着一把伞守在田埂上,
因为村子里有人偷抽水机。

50

很难再找到同月光下的瓦楞,
同河堤上雍容华贵的柳树共存亡的方法,
这是我许多年前写的两句诗,
现在可以了吗?

2019

净　土

2019 年 12 月 5 日在殡仪馆捡到一只病猫，
2019 年 12 月 10 日病猫去世。
愿它断气之时即是往生净土之时。

2019

一粒种子

你在天心,
安闲如婴,
给我文身,
同我呼吸。

2019

小板凳

有一天，
落日哪里也不照，
只照着院里
我的小板凳。

小板凳，
温暖而幽亮，
一个亲密的人，
不说一句话。

2020

小孩子

有一次,
是在梦里,
还是醒着?
是在水上,
还是岸上?
天上有月亮,
还是没月亮?
我都不记得了,
只记得,
我被完全照透了,
去了一个人迹罕至的地方,
由一个两岁的孩子引领。

2020

一粒种子

第一天上课,
老师就被带走了,
黑板空荡荡的,
一个字还没写呢。

没有写一个字的黑板,
空荡荡的,
那些字还没有找到自己,
还在创造它们的秘密里呢。

后来,
我认识了字,
在小巷的大字报上,
这些字怎么看也没有当年
空荡荡的黑板神秘。

它们还在黑夜里,
它们还没有被行云流水,
被江河感动呢。

2020

一粒种子

香炉里只剩下灰了,
他们说,不要声张。

你沉入江底去救一个字,
至今没有回来。

为了真身你得赎身,
无论什么代价。

你奄奄一息,
有第一等襟怀。

2020

一粒种子

在天底下，
我总觉得自己还缺少点什么，
但仔细想想，
我只是需要一点盐而已。

2020